JN306168

アンチタイプ
(Anti-type)
無視すべき愚かな規範がある
果たさねばならぬ目的がある
己が生命より重い使命がある
根本から覆すべき宿命がある
成し遂げる必然の変革がある
犠牲を惜しまない覚悟がある
自己の呪縛を見る勇気はない

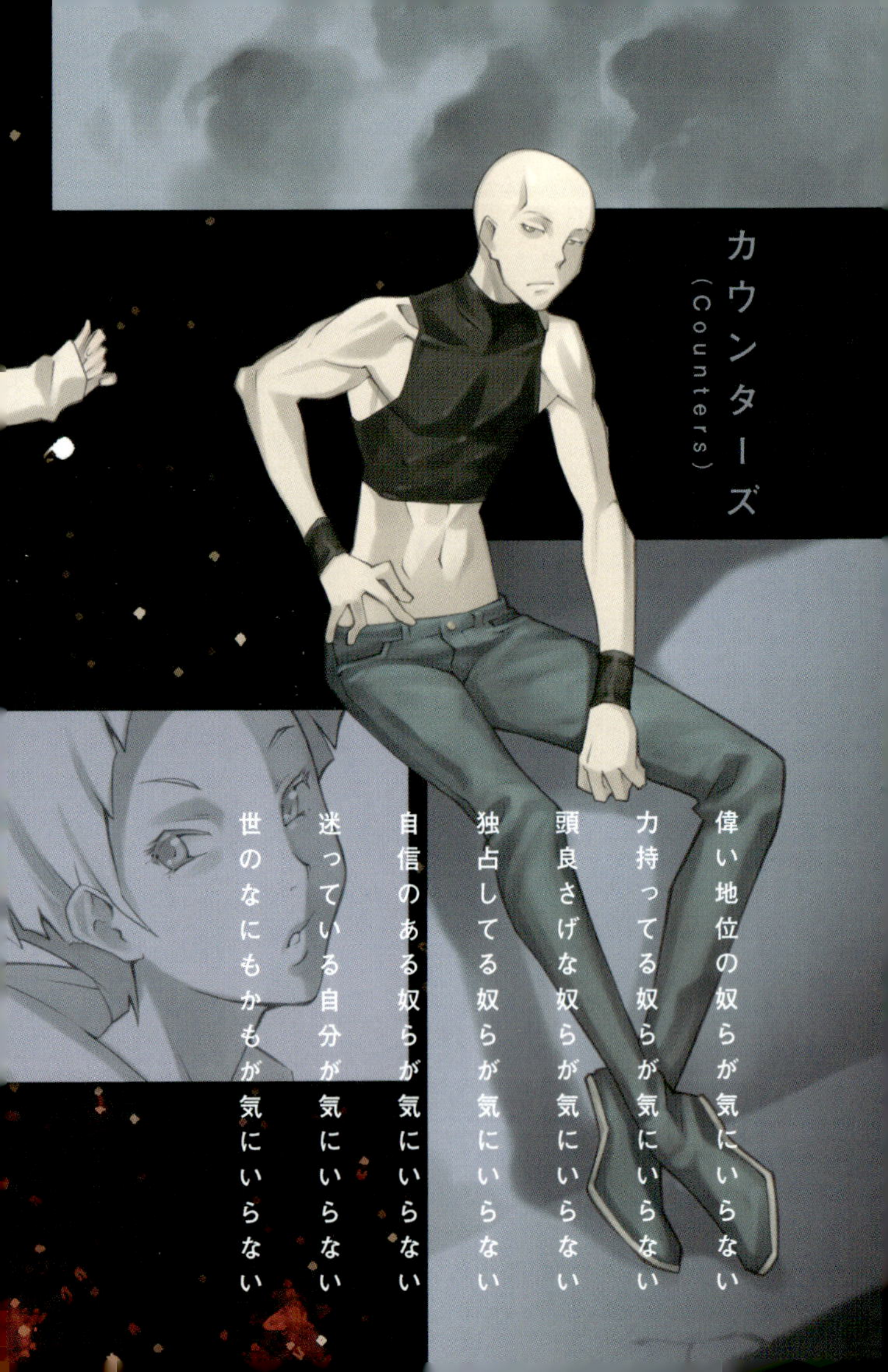
カウンターズ
（Counters）
偉い地位の奴らが気にいらない
力持ってる奴らが気にいらない
頭良さげな奴らが気にいらない
独占してる奴らが気にいらない
自信のある奴らが気にいらない
迷っている自分が気にいらない
世のなにもかもが気にいらない

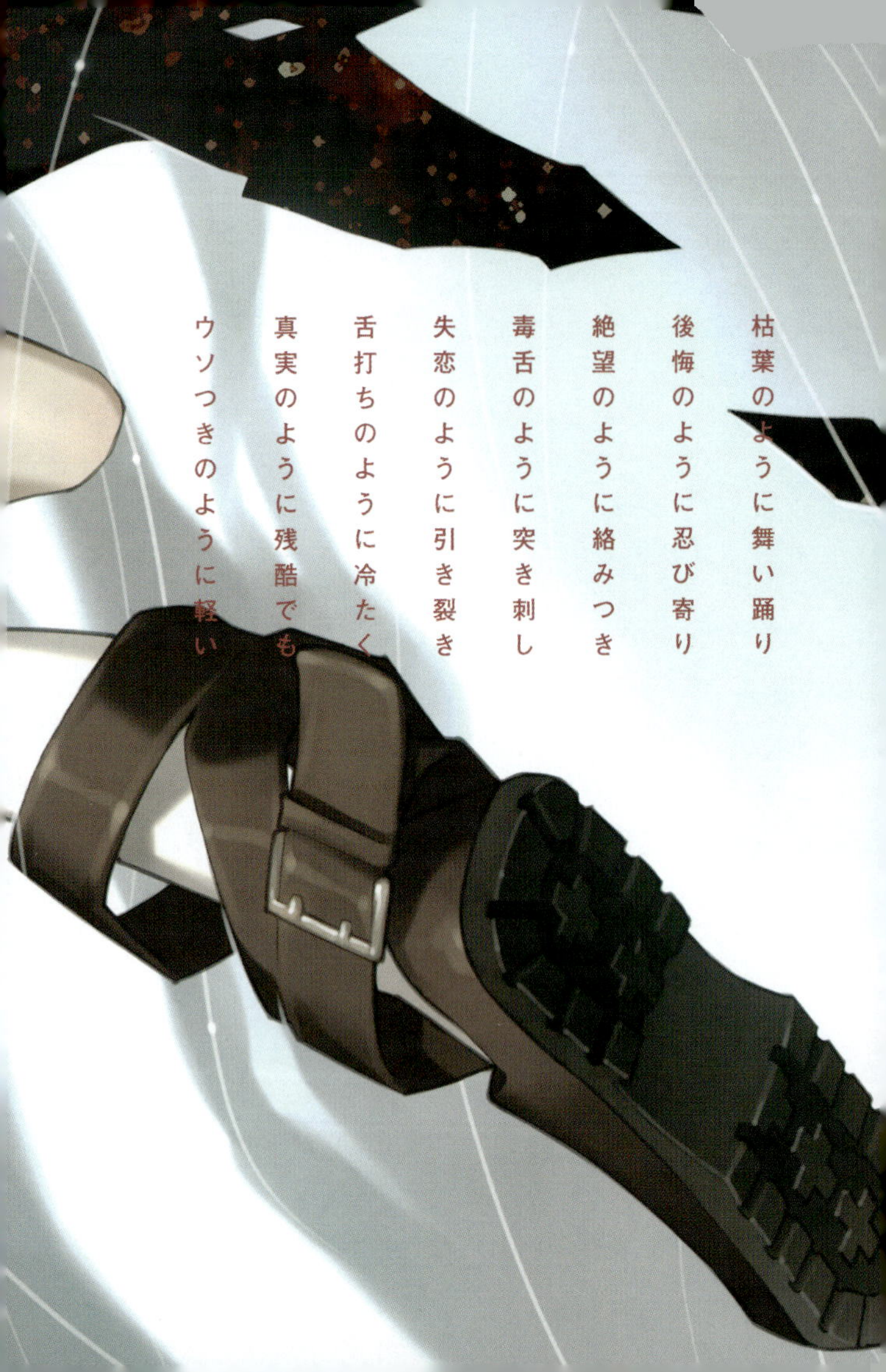

枯葉のように舞い踊り
後悔のように忍び寄り
絶望のように絡みつき
毒舌のように突き刺し
失恋のように引き裂き
舌打ちのように冷たく
真実のように残酷でも
ウソつきのように軽い

ブギーポップ
(Boogiepop)

恋心なんて、
くだらねえ エゴだろ？

P19 anti-1 反—葛藤（決断することから逃げる）
P69 anti-2 反—構想（思い込みは常に崩れ去る）
P111 anti-3 反—救済（自らの可能性を放棄する）
P153 anti-4 反—成長（間違った方へ流れていく）
P179 anti-5 反—幻想（真実に繋がる訳ではない）
P217 anti-6 反—世界（閉ざされた未来への志向）
P253 anti-7 反—調和（恐怖なき心に平穏はない）

Design:Yoshihiko Kamabe

『アンチテーゼに対するアンチテーゼとは、
つまるところ現実を放棄することに他ならない。
既存の状況を否定することは常に、
その先に未来を志向しているが、
それをさらに否定するときにあるのは、
目先の優劣だけを性急に求めた単なる論理の空転である。
残念ながら文明社会というものの大半がそれに相当する』

――霧間誠一〈アンチテーゼ対アンチテーゼ〉

「やあ、クワガタくん」

例によって馴《な》れ馴《な》れしい口調でいきなり話しかけられたので、彼はため息をついて振り返った。

そこには奇妙なものが立っている。全身を黒いマントでくるんで、筒のような形の黒帽子を目深にかぶっている。白い顔には黒いルージュが引かれていて、それが左右非対称な不思議な表情をつくっている。顔立ちは少女のようだが、態度や物腰は少年のようで、性別不明の精霊か妖怪か、という風であった。

「またおまえか……いい加減にしてほしいものだな」

彼がそう言うと、黒帽子はマントの下で肩をすくめるような素振りをして、

「ぼくからすると、君の方がこちらの領域に近づいてきているんだけどね」

と言った。彼は苦笑して、

「こんなところにまで現れるおまえに、そんなことを言われたくないな」

と返す。

彼が今いるのは、およそ普通の人間がいるはずのない場所だった。

線路沿いの建物——そこに並んでいる看板裏の鉄骨の陰、彼が潜んでいるのはその闇の中だった。

彼は特殊工作員であり、殺し屋でもあった。統和機構《とうわきこう》と呼ばれる、世界を裏から監視しているシステムに所属し、必要ならば危険な人物を抹殺するのが使命なのだった。コードネームは〝スタッグビートル〟……つまりはクワガタムシだ。だからこの黒帽子は彼のことをクワガタくんと呼んでいるらしい。

「だからぼくがここに現れるんじゃなくて、君の方からぼくのいそうなところにやってきているんだよ」

黒帽子はからかっているような口調でそう言う。

スタッグビートルがこいつを見るのは、既に七回目だった。

最初の頃こそ驚いて、焦って、必死で攻撃したりしたものだが、まったく効かず、陽炎《かげろう》を相手にしているように手応えがなく、やがて彼はこう考えるようになった。

(こいつは幻なのだ)

(俺の心の中にしかいない妄想なのだ)

（このような仕事をしているので、ストレスから生まれた症状の一種に過ぎないのだ）

それはあながち強引でもなかった。黒帽子と遭遇して、見失って、その後で現場をさんざん調べても、一切の痕跡を見出すことができなかったし、近くの監視カメラの記録にも、それらしい者がまったくいなかったりと、むしろ常識的に考えると、彼の判断の方が正しいとも言えるのだった。

といって統和機構に黒帽子のことを報告などするわけがない。精神的に不安定、などという診断でもされたら、彼の方が処分対象にされかねない。

時々現れるだけで、そいつが彼に害をなすわけでもないので、気にしなければどうということもない、と割り切ることにしたのだった。

「しかしクワガタくん——君はどうして、彼女のことを見張っていたんだろうね？」

「カミールのことか？」

スタッグビートルは彼が現在、監視対象としている少女の方に視線を戻した。

「俺自身もあいつには価値などないと思うが——しかしこれは、俺の所属する〈カウンターズ〉で決まったことだからな」

「織機綺《おりはたあや》は微妙な存在だよ。彼女に手を出すことはあまりお勧めしかねるね」

「ふん、さすが俺の妄想だけあって、意見が一致するな。しかしやむを得ないことなんだ、こいつは」

スタッグビートルは忌々《いまいま》しそうな眼《め》で、監視対象の少女、織機綺を——統和機構からはカミールという名称をつけられている相手を睨《にら》みつけた。

彼女は今、通っている料理学校の応接室にいる。

男と一対一で話し合っていて、なにやら感情的になっているのが窓から視認できる。

「いっそ殺してしまおうかとも思うんだがな。どう思う？」

「ぼくは君の妄想であると正式に認めたことは一度もないがね」

黒帽子はとぼけたように言って、それから頭を左右に振り、

「織機綺に君が手出しをしても、特に成果があるとも思えないがね。ぼくとしては君には、本来の役割を果たしてほしいと考えるね。こんなことで労力を浪費しないで」

「またそれか——おまえのその言葉だけは、俺の頭の中のどこから出てきているのか、さっぱり見当がつかないよ」

「君はぼくと同類なのさ、クワガタくん——いずれ君は、世界の敵と遭遇する。そのために君はここにいる。世界の敵の、その敵となるために」

「意味不明だ。第一なんだ、その世界の敵ってのは。統和機構が抹殺対象にしている連中のことか？　だったらいずれと言わず、今までも何度も対決しているぜ。そして、殺してきた。何を今更——」

と彼が黒帽子に視線を戻したときには、もうそこにはあの奇妙な黒い筒のようなシルエット

はどこにもいなかった。
いつものように、影も形もなくなっていた。

ギーポップ・アンチテーゼ

オルタナティヴ・エゴの乱

BOOGIEPOP ANTITHESIS
"REVOLT OF ALTERNATIVE EGO"

anti-1

反——葛藤

（決断することから逃げる）

『現実の厳しさをことさらに言い立てることは、
逆にその厳しさを知らないことの反映であり、
あらゆる意味で準備不足である』

——霧間誠一〈敗因としてのオルタナティヴ

1.

駅前の喫茶店で、少女と少年は気まずそうに顔を見合わせていた。

「……あのさ」

「……あのね」

二人同時に話し始めようとして、また押し黙る。

織機綺と谷口正樹《たにぐちまさき》。

彼女と彼はつきあい始めてそれなりの月日が経《た》っているが、まだどこかぎこちない。いつもならそれは心地よいくすぐったさでもあるのだが、今は——様子が違っていて、空気はひたすらに重い。

「……でも、やっぱり」

「気持ちはわかるよ。でも綺、こういうことはいずれは必要だったんじゃないのかい」

「……そうかも知れないけど——」

「悪い方にばかり考えないで、前向きに捉えてみるのもひとつの手だよ」

「私は——そんな風に思えないわ。正樹は強いから、簡単に言ってしまうけど……」

「僕だって別に、気にならないとは言わないよ。強い訳でもないし」

「正樹は強いでしょ」

「強くないよ」

「強いよ」

「だから——ああもう」

「………………」

「と、とにかく——僕らが悪い訳じゃないんだから、こんな風に言い争うこともないんだよ、ホントに」

正樹がぼやくように言うと、綺はうなだれてしまって、

「……ごめんなさい」

と謝ってきた。これに正樹は顔をしかめて、

「君は悪くないって——ったく、なんでこんなことになっちゃったんだろう？」

と深いため息をついた。

そもそも、基本的に仲がいい二人がこんな険悪なことになってしまったのは、三十分ほど前にさかのぼる——。

＊

よく笑う人だな、というのが織機綺が飛燕玲次《ひえんれいじ》に対して感じた第一印象だった。

「ああ、すまないね。それじゃあ織機さん、君には当面の具体的な展望はないんだね？」

あらためて訊《き》かれたので、綺はうなずいた。

「ええ——予定はないです」

「しかし君ぐらいに腕のいい料理人なら、雇いたいという所は多いだろう。既にいくつか誘いがあるんじゃないのかな？」

飛燕玲次はとても若く見えた。まだ若い、というのではなく実際に高校生ぐらいなのではないかと思われた。実業家だというが、考えてみれば高校生であることとその職業は必ずしも相《あい》容《い》れない訳ではない。

「ええと——」

「いや私がもし将来レストランを経営することがあったら、ぜひとも君を雇いたいものだよ。さらに理想を言うなら、君が別のところで有名になってくれて、それを引き抜く形になるのがベストだね。きっと話題になるよ」

ニコニコしながら、本気だか冗談だかわからないことを言う。

「あのう——」

「ああ、そうだったね。君には時間がないんだったね。この後で彼氏とデートなんだろう？」

かなり不躾《ぶしつけ》なことを言われる。綺は文句を言おうかどうしようか迷ったが、結局、

「……で、用件はなんでしょうか」

と質問するに留《とど》めた。しかしこれに飛燕は少し不思議そうな顔をして、

「いや、ずっと本題を話し合っていたんだがね、私たちは」

と言った。綺が眉をひそめると、飛燕はうなずいて、

「君の将来の展望を知りたいと思っているんだよ、私は。それで君を呼んでもらったんだから」

とさらに言う。綺はますます訳がわからなくなって、

「つまり……この料理学校の生徒の将来に興味が？」

と訊《き》くと、飛燕はまた笑って、

「他の者たちのことなどどうでもいいよ。私が興味があるのは君だけだよ。織機綺」

と言ってきたので、綺はなんだか気味が悪くなってきて、

「そ、それじゃ……」

さっさと退散しようとおざなりな挨拶《あいさつ》をしかけたところで、飛燕は静かに、

「いや、この場合はカミール、と言った方が話が早いのかな？　しかし今の君はその名前をほ

とんど使っていないと思ったのでね」

と言った。その呼び名を聞いて、綺の顔がぎしっ、と強張《こわば》った。

それは忌まわしい名前だった。彼女が自分の意志を持たず、霧間《きりま》凪《なぎ》にも谷口正樹にも末真《すえま》和《かず》子《こ》にも出逢《であ》っていない頃の、消し去りたい過去の残滓《ざんし》だった。

「…………」

「どうしてその名を知っているのか、と疑問に感じているのなら、答えは簡単だよ。もちろん私もまた統和機構のメンバーだからに決まっている。ちなみにコードネームはラークスペーアという」

「…………」

「カミール、君のことは色々と調べさせてもらったよ。ツイてなかったな。よりによって管理を任されたのがあのスプーキーEだったなんて。あいつはなまじカチューシャ絡みのラインに関わっていたせいで、大した実力もなかった癖に無意味にでかい顔をして、他の者からの干渉をはねのけて好き勝手やっていたんだから――それでヤツが自殺した後になって、君が放置される形になってしまったんだ。いや、今まで放っておいてすまなかったよ」

「…………」

「ところで――念のために訊いておくんだが、この料理学校に君が通っているのは、別に何かの極秘任務のカモフラージュという訳ではないんだよね？」

「……………」

「その沈黙は肯定と受け取っておくよ。まあ、私ほどのレベルの高い者が調べても何もないんだから、君が今、宙ぶらりんなのは自主的にそうしていると判断していいんだろう。でも、なんで料理なんだい。まさかこの暇を利用して手に職を付けようってことでもあるまいに」

「……………」

「さっきから表情が硬いね。ずいぶんと怖い顔だ。誤解しないでほしいんだが、別に私は君の敵ではないよ？　上司とも言えないし」

飛燕がそう言ったところで、綺は氷のような声で、

「あなたは、スプーキーEから私を引き継いだのではないんですね」

と言った。飛燕がうなずくと、綺はさらに冷たい声で、

「じゃあ——話すことは何もありません」

と断言すると、きびすを返して部屋のドアに手を掛けた。飛燕は笑いながら、

「いやいや、待ってくれよ。何か誤解しているようだが、私は君にとっていい話を持ってきたんだよ？　君を好待遇で、我々のサークルに迎えようというんだから」

と言った。綺は無視してドアを開けようとしたが——そこで気づく。

ノブが回らない。

固い、とか重い、とかではなく——ドアと一体化したように、びくともしない。ロックが掛

かっているとか、そういう次元ではなく——とにかく動かない。

（これは——なんらかの〝能力〟……？）

飛燕が今、何かをしている——だからノブは動かないのだ。

統和機構に属しているというこの男も、ただ偉いだけでなく自ら前線に赴いて任務を実行するための特殊な能力を持っている——ということなのだろう。

（さっき〈ラークスペーア〉と名乗っていたけど……）

綺が振り向くと、飛燕はまだニコニコしている。

「どうかな？　私たちのサークルに入ってくれないかな」

「クラブ活動ですか？」

「あはは、サークルと言っても大学生がやっているようなものではないよ、もちろん。同じ目的を持って、共に努力するための集団——という意味だ。正式な部隊ではなく、あくまでも有志が集まっているだけだから、強制性もない。あくまでも皆の自由意思によって成立している」

飛燕は指先を組んで、ゆったりと落ち着いた調子で続ける。

「その目的は統和機構をより風通しのいい、開かれた組織にしていこうというものだ。今はあまりにも秘密主義すぎて、あちこちで不都合が生じている。それを改善しようというんだよ。そう、君だってその被害者のひとりだ。なんとかしたいとは思わないか？」

飛燕の言葉に、しかし綺は冷たい表情のまま、

「なんで私なんですか？」

と訊《き》き返《かえ》した。

「ん？」

「私は役立たずの出来損ないです。あなたたちのような特殊能力もありません。味方にしても意味がないはずです」

綺の自虐的な宣言に、飛燕は首を左右に振る。

「それは違うよ――君は自分を低く見積もりすぎている。スプーキーEに何を言われていたか知らないが、君は自分に秘められた価値を理解していないだけだ。君は素晴らしい存在なんだよ、カミール」

「その名で呼ばないでくれませんか」

綺ははっきりと、声に棘《とげ》をこめてそう言った。飛燕が少し眉を上げたところに、さらに、

「今、自由意思と言いましたよね――なら、私はここから出たいんですけど」

と相手を睨《にら》みながら告げる。飛燕はしばし無言だったが、やがて肩をすくめて、

「どうやら怒らせてしまったようだね――わかったよ、君の頭が冷えるのを待とうか」

彼がそう言うのと、綺が握ったままだったドアが急に、がちゃり、と回ったのが同時だった。

「――」

綺はそれを押す。なんの抵抗もなく、スムースに開放される。

背を向けて、出ていこうとしたところで、後ろから声が掛けられた。

「ああ——それから君の魅力故《ゆえ》に、私以外の連中からも誘いがあるだろうが——聞く耳を持たない方がいいよ。奴《やつ》らは劣悪だから」

そう言われて、綺は思わず後ろを向く。

しかしそのときには、もう飛燕玲次の姿は部屋の中から消えていた。いつのまにか窓が開いていて、そこから風がそよそよと流れ込んできていた。

2.

谷口正樹はその日、いつものように駅前の広場で織機綺を待っていた。

(でも、大丈夫かな——なんか急に、学校から呼び出されたって話だったけど)

彼らは互いに色々と忙しいので、なかなか会うことができない。綺は専門的な料理学校で日々、厳しい課題をこなし続けているし、正樹はと言うと一時期の長い長い無断欠席が祟《たた》って、全寮制の私立高校でひたすらに補習また補習、そしてレポート提出の生活なのだった。二人のスケジュールが揃《そろ》って空くのはなかなか貴重なので、今回のデートは楽しみにしていたのだが——。

（待っていてくれ、って言われたけど……僕も料理学校に行った方がいいかな。お節介かな。でも綺の保証人は僕の姉なんだし、もしトラブルだったら、綺一人よりも僕がいた方が）

彼がそんなことをあれこれ思い悩んでいると、ふいに横から、

「ねえ、彼氏——もしかして、待ちぼうけ？」

と妙に甘ったるい声で囁《ささや》きかけられた。振り向くと、そこには一人の少女が立っていた。やけに整った顔をしていた。なんだか作り物みたいに正樹には見えた。

「——」

正樹が返事をしないでいると、その少女はくすくす笑いながら彼の肩に手を掛けてきて、

「あーっ、やっぱりそうなんだ。彼女が来ないんだ。すっかりしょげてて、捨てられた仔犬《こいぬ》みたいなオーラ出してたから、すぐにわかったわ」

と馴《な》れ馴《な》れしい口調で話しかけてくる。正樹は困惑しつつも、

「ええと——失礼ですけど、前にも会ったことって、ありましたか」

と訊《き》いてみた。すると少女は彼の顔をまっすぐに覗《のぞ》き込《こ》んできて、

「あると思う？」

と訊き返してきた。正樹がいいえ、と素直に言うと、彼女はうなずいて、

「そりゃ当然よね？　私みたいに可愛《かわい》い娘《こ》と会っていたら、その記憶が消えることなんてあり得ないんだから。初対面に決まっているわよね」

と言った。正樹は周囲を見回したが、他の通行人は誰も彼らの方を見ていない。彼女の連れらしき者も見当たらない。そんな戸惑っている正樹に、

「私は七星那魅《ななほしなみ》っていうのよ。よろしくね」

と名乗ってきて、そして彼の手を摑《つか》んで一方的に握手してきた。

「あのう——なんの用ですか？」

正樹がそう訊《たず》ねても、彼女は、

「もしかして正樹くんってさあ、みんなから微妙に舐《な》められてんじゃないかしら？」

といきなり失礼なことを言い出した。

「うん、なんかそんな気がするなあ。損してるよ、絶対。可愛《かわい》い顔してるから、それでなんか〝コイツなら大丈夫だろう〟とかタカ括《くく》られちゃうんだと思う。よくないよ」

「いや——あの」

今まさにあなたに舐められているじゃないか、と正樹は言いたくなったが、続いて彼女が、

「ホントよくないよ——織機綺は君を舐めてるのよ。ちょっと遅れたって怒らないって軽く思われてんのよ——調子乗っちゃって」

と言ったので、ぎくっ、と顔が強張《こわば》った。

「君は——いや、おまえは」

「んん？」

正樹に睨《にら》みつけられても、この少女――七星那魅は薄い笑いを顔に浮かべている。

「おまえは――なんで綺の名前を知っているんだ？」

「正確にはカミールでしょ、あの女は」

那魅がそう言ったので、ますます正樹の顔が厳しくなる。

「その名前まで知ってるってことは――おまえ、統和機構の人間なのか？」

「あっ、あっあーっ、駄目よ正樹くん――こんな公《おおやけ》の場所でその名称を軽々しく口にするもんじゃないわよ。うっかりすると、消されちゃうぞ？」

悪戯《いたずら》っぽく、物騒なことを言われる。しかし正樹はそれに怯《ひる》んだりせずに、那魅をさらに睨んだ。

（こいつ――どうして僕のところに来た？　まさか綺は――）

彼がそう思ったところで、那魅はふいに笑みを消して、

「ああ――カミールのこと考えてるわね。うわ、引くわ。女の子と話してるときに別の娘《こ》のことを考えるなんて。デリカシーに欠けるっつーか」

と不快そうに言った。それから正樹を改めて見つめて、

「残念ながら、あの娘は今頃〈アンチタイプ〉のヤツに勧誘されてる真っ最中よ。あなた、彼女が大事だと思うならば、そんな誘いには乗るなって言ってやりなさいよ」

と訳のわからないことを言われる。

「アンチ……なんだって?」

問いかけても、那魅はこれには応えずに、

「カミールもあなたも、未来は私たち〈カウンターズ〉に参加するしか道はないのよ。それが賢い選択ってものよ」

と言った。

「なんのことだ? 〈アンチタイプ〉に〈カウンターズ〉? それはどちらも、統和機構の中の組織なのか?」

「サークルよ、サークル——対立しているサークルが、気になる新入生を取り合っているって訳。あの出来損ないのはずのカミールを、ね。でも〈アンチタイプ〉の連中、特にラークスペーアって男は信用ならないわ。あいつは下手をしたら、世界を滅ぼしてもいいとか思っているヤツよ——とても危険だわ」

真剣な顔で、そう言われる。しかし正樹はそれ以上那魅に付き合う気はなかった。

彼は話の途中で、きびすを返して走り出していた。綺の学校の方へ一刻も早く駆けつけなければ、と——しかし走り出したその足が、数メートルでもう停止した。

彼の目の前に、また七星那魅が立っている——背を向けて、走り去ったはずなのに、一瞬で回り込まれて、かつ前方で待っている……超スピードすぎる。もはや人間業ではない。おそらく追い越されたのではなく、

（跳び越された――）

　ということなのだろう。つまりこの少女はふつうの人間ではなく……。

「〝レディバード〟――それが私のもうひとつの名前よ。正樹くん。役立たずのカミールなんかとは違う、正真正銘の戦闘用合成人間――バリバリの最新型よ」

　にやりとしながら、彼女は不敵に言い放った。

　思わず正樹は周囲を見回す……しかし通行人が無数に行き交っているこの駅前広場で、誰も彼女の今の行動を視認できなかったらしい。隙をついたにしても、彼女は誰も自分を見ていないことを感じることができた、ということになる……。

「う……」

　どっ、と正樹の全身から汗が噴き出した。遅まきながら、自分が完全にこの少女の姿をした怪物に弄《もてあそ》ばれていたことを悟ったのだ。

　彼が立ちすくんで、次の動作に迷っていた……そのときだった。

「あっ」

　と那魅が声を上げた。なんだ、と正樹が思った次の瞬間、彼女の姿が目の前から、ふっ、と消えた。彼がまばたきをした一瞬の隙に移動したのだ。いったい――と正樹が思ったそのとき、

「――正樹！」

　と背後から声が掛けられた。綺の声だった。正樹は急いで振り向いて、

「綺！ 君が――」

と彼女に呼びかけようとしたところで、身体《からだ》が引きつった。

綺がこっちに駆け寄ってくる、その隣に七星那魅が一緒にいる。驚いた正樹の表情を見て、那魅はにたーっと意地悪く笑って、そしていきなり、横から綺の肩に手を回した。

「え――」

綺は突然のことに焦るが、移動していた速度が同じなので、傍目からは並んで一緒に走って来た女の子たちが肩を組んだようにしか見えなかった。

「やあ、カミールちゃん――安心しなさい。彼氏は私が守っていたから」

那魅が彼女の耳元に囁《ささや》いてきたので、綺はびくっ、と立ち停《ど》まった。那魅もその動きに連動する。そして正樹の方を見て、

「ねえ？」

と呼びかけてきた。

「――綺、君は……」

「……正樹、これって……」

二人が見つめ合って茫然《ぼうぜん》としているのを、那魅がくすくす笑いながら、

「まあ、どうやら〈アンチタイプ〉もいったんは織機綺を解放したようだから、私もこの辺で身を引くわ。正樹くん、ちゃんと彼女に言っといてよね――」

と言いながら綺から離れて、そして鼻歌を歌いながら、スキップのような軽快な足取りでその場から離れていった。

「…………」

綺と正樹は彼女の後ろ姿を唖然《あぜん》としながら見送ることしかできなかった。

＊

〝……おい、レディバード——〟

歩いている七星那魅の耳元で、彼女にしか聞こえない声が囁きかけてきた。

「なによ、スタッグビートル——びっくりするからあんまり共鳴対話してこないでよ」

那魅もまた、他の誰にも聞こえない波長の音で返事をする。その反響は近隣では形にならず、遙《はる》か遠くにいる者の耳元で初めて音として集束される。

〝なんのつもりだ——どうして先に谷口正樹に接触した？　カミールの観察は俺の仕事だぞ〟

「だから、カミールが来たら離れたでしょうが——あんたの邪魔をする気はないわよ。でもね、スタッグビートル、今ので私、わかっちゃったわよ？」

〝何をだ〟

「鍵を握ってるのは、彼氏の方――谷口正樹こそが今回のキー・キャラクターとなるわ」

〝どうしてそう思った？〟

「あの子――私と会っているとき、一度も悩まなかったわ。一瞬たりとも〝織機綺と関わったばかりに面倒なことに〟って後悔しなかった……それがポイントよ。納得したわ」

〝つまり……カミールのような脆弱《ぜいじゃく》な個体が決然としていられるのは、谷口正樹という支えがあるからだ、ということか？〟

「彼がいなかったら、きっとあの娘《こ》はただの人形よ。でくのぼうだわ」

〝……なるほど〟

声には腑《ふ》に落ちた、という響きがあった。

〝それであの娘――ラークスペーアに何を言われても揺らがなかったのか〟

「逆に言うと、谷口正樹さえどうにかできれば、あの娘は同時に付いてくるわよ。あんた、間違ってもうっかり殺すんじゃないわよ？」

〝――ふうむ〟

「なによ？」

〝いや、ならばいっそ、カミールを始末して谷口正樹だけサークルに勧誘するという手もあるか、と思ってな〟

「――はあ？　何言ってんのよ。それじゃ本末転倒じゃないの。忘れたの？　私たちの目的はあくまでも〝特殊例〟カミールの確保であって――」

〝俺がそれに今ひとつ賛同していないことも、おまえは知っているだろう。あの娘はスプーキーEを殺している。信用ならない〟

「あのデブは自殺って、フォルテッシモが鑑定したんじゃないのよ」

〝俺はヤツを知っていた。どう考えても自殺するタマじゃなかった。カミールが手を下して、自殺に偽装したのは間違いない〟

「はいはい、思いこみ思いこみ。その偏見で任務を忘れないようにね」

〝とりあえず谷口正樹が統和機構にふさわしい人間かどうか見極めるまでは、何もしないさ〟

含み笑いのような余韻を最後に、囁《ささや》き声《ごえ》は途切れた。

「――ったく。身勝手な奴《やつ》ね。うちのサークルってみんなそうなんだから――」

彼女はかすかに肩をすくめながら、街の雑踏の中に姿を消した。

3.

「…………」

「…………」

喫茶店の片隅で、綺と正樹は互いに見つめ合って、押し黙ってしまっていた。

それぞれに起こったことを報告しあったのだが、その後でどういうことを話せばいいのか、二人ともわからなくなっていた。そして綺には、

（なんか――似てる）

と取り留めのない記憶が蘇《よみがえ》ってきていた。それは数ヶ月前のことだった。

その日は、二人で美味《おい》しいと評判になっているアイスクリーム屋に行こうと前から約束していた。しかし正樹がどうしようもない事情で遅刻してしまったのだった。

「ああ、ごめんごめん」

と正樹は謝ってくれたのだが、綺は特に意味もなく落ち込んでしまっていたのだった。

「ええと――行こうか？　アイス屋……」

「ううん……もう、いい」

待たされたのが腹立たしかった訳ではなく、ただなんとなく一人でぼーっとしている間に、もやもやと重たい気分につきまとわれてしまったのだった。

「でも、楽しみだって言ってたじゃないか」

「もう、いい」

よくないなあ、とはわかっているのだが、何を言っても正直な気持ちが伝わらない気がして、頑《かたく》なに否定的なことばかり言ってしまうのだった。

「ええと、まいったな――」

正樹はすっかり焦ってしまって、おたおたと綺をなだめようとするのだが、あまりにも反応がないので、ますます緊張していく。何を言っていいのかわからなくなって、正樹も黙ってしまう。

二人で見つめ合うだけで、何も動きがない。ただ時間だけが過ぎていく……。

……今の雰囲気は、あのときと似ている。ただ違うことは、正樹の方にあのときのような焦りがあまり見られないことだった。それが綺には、妙に胸にこびりつく不安として感じられた。

「えーと……」

正樹がおそるおそる、という風に口を開く。

「とりあえず、僕らは二人とも脅されたって感じだけど、でも、それほどひどい感じでもなかったよね……？」

正樹が綺の顔を覗《のぞ》き込《こ》むと、彼女は、

「私の方は大したことなかったけど、正樹は――」

と思い詰めたように言う。正樹はあわてて、

「いやいや、僕は全然平気だったよ。なんか向こうが強すぎて、まともに相手にするのは馬鹿らしい、って感じで」

「あいつ――私、触られるまで、近寄られたのもわからなかった……」

綺の身体《からだ》がぶるるっ、と小刻みに震えた。

「正樹が、あんな奴《やつ》に迫られたのかと思うと、私――」

「迫った、って……なんか変な言い方になってるよ？」

「私だけだったら、何をされてもいいのに、正樹にまで……」

「綺に何かあったら、僕が嫌だよ」

「比較にならないわ、私と正樹じゃ……」

「なんの比較だよ。比べるようなものでもないだろ？」

「……ほんとにごめんなさい……」

「だから謝るなって、最初に言ったじゃないか。別に綺が悪いことをしたわけでもないのに」

「でも、なんで今さら私なのかしら」

「うーん。あの七星って女の話だと、なんか君自身に執着してるんじゃなくて、とにかく相手陣営に行かれたくないから、それで――って感じだったなあ。もしかすると単に、綺が前に統和機構に所属していて、名前が名簿にあるってだけで、それで声を掛けてきたのかも」

「………」

「な、なんだよ。なんでそんな睨《にら》むように見るんだよ？」

「正樹はなんにもわかっていないのよ。〈システム〉のことを」

「そ、そりゃあ知るはずもないけど——綺だって完璧にわかっていた訳でもないんだろ」

「私がわかっていたのは、基本的には〝切り捨て〟の方針だったってこと」

「？　つまり——どういうことだい」

「私の上にいたスプーキーEも、いつもビクビクしていたわ。いつ自分が切り捨てられるんじゃないかって」

「あいつは最低だったから、あんな奴のことを参考にはできないだろう」

「怒ってるの？」

「当たり前だよ。綺のことをさんざんいじめて——今でも許せないよ」

「私はもう、なんとも思っていないから」

「僕は人間ができていないから、そんな風に割り切れないよ——でも、だとしたらおかしくないか？」

「え？」

「だってそうだろう、切り捨てが基本だったら、いったん組織から外れた綺のこともそのまま放置するか、あるいは始末してしまうんじゃないのか。いや、始末されなくて本当によかったけど——とにかく、また味方に引き入れようとかいう発想とは、なんかズレてるとは思わないかい？」

「うーん……」

「少なくとも君は今、まったく切り捨てられていないし、それどころか取り合いになっているんだよ」

「……意味がわかんないわ」

「まあ、君に価値があるというのはわかるけど」

「ないわよ」

「あるんだよ。僕にとってはもちろん、あの〈アンチタイプ〉とか〈カウンターズ〉っていう連中にも、君が必要なんだよ」

「……そんなこと言われても――」

綺はうつむいて、押し黙ってしまう。正樹は腕を組んで、うーん、と唸《うな》ってから、

「あのさあ、思ったんだけど――もし、綺さえよかったら、いっそこの話って乗っちゃってもいいかも知れない、とも感じるんだよ」

「え？」

「いや、誤解しないでくれよ。別に君を差し出して安全になろうとか、そういうんじゃないから――でも、統和機構ってそんなに悪い連中なのかなあ、とも思うんだよ、なんとなく」

「…………」

「そりゃ綺にとってはいい想《おも》い出《で》のない、とても嫌な連中なんだろうけど、でもみんながみんなスプーキーEみたいじゃないことも、もうわかった訳だし。それに今回、君にもまず話し合

いで接触してきて、強制するようなところもなかったんだし。世界を裏から支配しているとか、闇の権力があるとか……それだけ聞くと恐ろしいけれど、でもそうやって成立しているこの世の中だって、そんなに悪いものばかりじゃないし。ただ、特別な目的があって、そのためだったら犠牲も厭《いと》わないようだから、そこが多少おっかないけれど……でも」

正樹は綺のことをじっ、と正面から見つめ直す。

「でも、君がそこの生まれであるのは間違いない。いつまでも無視したままで、これからの人生を平穏無事に送ろうというのも、甘い考えなのかも――いつかは直面しなきゃならないのかも。遅かれ早かれ」

「………」

綺は沈黙してしまう。正樹も困って無言になる。

それから二人は「……あのさ」とか「……あのね」とかもじもじしつつ要領を得ない会話をしばらく続けたが、やがて綺が、ぽつりと、

「正樹は、そうした方がいいと思うの……？」

と呟《つぶや》くように訊《き》き返《かえ》してきた。これに正樹も難しい顔になり、

「僕は判断できないよ。君よりも知っていることも少ないし、事情だって理解していないんだから――でも、どちらにしても君の意思に従うよ」

「私は――私はわからないわ」

綺は首を左右に弱々しく振った。

「正樹が決めてくれるなら、私はそうするわ」

「いやいや、それだけは駄目だよ。綺が決めなくっちゃ」

「でも——正樹、正直、私は怖いのよ」

「そりゃそうだろう。誰だって——」

正樹がうなずいて励まそうとしたところで、綺は彼の手をぎゅっ、と握ってきて、

「そうじゃない——そうじゃないわ」

と彼のことをじっ、と凝視する。正樹が少したじろいでも、彼女は構わずに彼の手を離さずに、

「私が怖いのは——私のことじゃなくて……」

と綺が言いかけたときに、正樹の携帯電話が着信を告げた。

4.

「ん——学校からだ？」

正樹はその発信元の表示が在籍校からだったので少し違和感を持った。学校から直接電話が来ることなどほとんどないはずだからだ。

「——はい、もしもし」

〝やあ谷口くん。初めまして。飛燕玲次という者だ。きっと今頃はもう彼女から話を聞いているると思うが——〟

爽やかな若い男の声が聞こえてきた。

「——飛燕？」

正樹がついそう口走ったところで、綺の顔色も変わる。

「ま、正樹——私が」

と迫ってくるのを、正樹は手で制して、

「……どうしてこの番号が？」

〝おいおい、この電話はどこから掛けているのか、もう君も知っているだろう？〟

当然のことを言われる。学校に話が通じている以上、そこから緊急連絡先を知るのは難しいことではないのだろう。

「学校に圧力でも掛けたんですか」

〝人聞きが悪いね。そもそも私は以前から様々な教育機関に寄付を欠かさない慈善家なんだよ。君の学校もその中に入っているというだけのことだ〟

「どこに行っても逃げ場はない、と？」

正樹がそう言い返すと、飛燕は感心したように、

〝ふむ――君はどうやら、彼女とは逆のタイプだな〟

と言ってきた。

「？」

〝彼女は怒りを覚えても無表情でそれを覆い隠そうとするが――君は怒っていることをまったく隠さないことで、冷静さを保っている。交渉相手としては君の方がタフな相手だよ。カミールなら待っていればいずれ自らの非を悟って折れることもあるが、君は無理だ。理路整然と説得しなければならないだろうね〟

「そうですかね。少なくとも僕には、彼女に非があるとは思えませんが」

正樹がそう言い返すと、飛燕は口調を鋭いものに変えて、唐突に、

〝谷口くん、君は世界というものをどういう風に捉えている？〟

と訊《き》いてきた。

「なんのことですか？」

〝いや、今の君のように愛《いと》しい彼女に眼《め》が眩《くら》んでいる人間は、大抵こんな風に思っているんじゃないかと――他の誰よりも彼女が大切だ。彼女だけを守りたい――そんな寝言をほざいているんじゃないかと〟

「…………」

〝馬鹿馬鹿しい話だ。本当に誰かを守りたかったら、その人の置かれている環境、関連する物

事、そういった諸々《もろもろ》のすべてを守らなければならないというのに。君だけ、なんていうのは単に、後は手を抜いてもいいでしょ、という妥協だ。あるいは単なる嘘《うそ》だ。君はどうなんだ、谷口くん〟

「…………」

〝彼女に嘘をついているのかな。全然そんな気がしない癖に、大丈夫だよ、とか、心配ないよ、とか囁《ささや》いているのかな。君はそれでもいいのかい？　そういう偽善を苦にしない？　だとしたら君には女ったらしの才能があることになるが――〟

「…………」

〝谷口くん、君は帰国子女なんだって？　子供の頃から色々な国を行ったり来たりして成長してきたんだろう？〟

「……だからなんです？」

〝いや、だったらわかるだろう？　世間的に常識だとか普通だとか当然だとか言われているものが、実はそうでもないってことが。変わりっこないと思っていることでも、場所が違えば全然別のものになってしまうって経験を、君だって何度も体験したことがあるだろう。これもそうだよ、谷口くん。君の彼女は今までの常識だったら役立たずだと思われる存在だったが、その常識が変わってしまえば、周囲の扱いも違ってくるんだよ。そしてそれはもちろん、君も同じだ〟

「僕が……」

〝カミールがしかるべき地位に移動したら、彼女のパートナーである君だってそれ相応の待遇になるのは道理だろう？　どうだい、その辺のことを今度じっくり話してみないか〟

「あなたは――」

と正樹が言いかけたところで、横で聞いていた綺が我慢できなくなって、

「貸して――！」

と言って正樹から携帯電話をひったくった。そして叫ぶように、

「あのっ、正樹にあんまり変なことを言わないでください！」

〝やあカミール、まだ頭は冷えていないようだね〟

「私はかまいませんけれど、正樹にちょっかいを出すのだけは絶対にやめてください！」

〝残念ながら、それは無理だよ。彼と君が深い絆《きずな》でつながっている以上、君の未来について話すということは、彼とも話し合わなければならないのは当然だ〟

「そんな屁理屈《へりくつ》は――」

と綺がさらに言おうとしたとき、今度は正樹が綺の手を握ってきた。びくっ、と彼の方を見ると、正樹もうなずいて、

「とにかく、いったん切って」

「え――」

「いいから——切っちゃえよ」

と囁《ささや》いてきた。綺は唇の端をぴくぴくと痙攣《けいれん》させたが、言われるままに通話を切った。

「ふう……」

深々と息を吐いた綺に、正樹は、

「そんなに興奮しない方がいいよ。色々と逆効果だと思うよ」

「正樹は——」

綺はまた大きな声を出しそうになって、しかしすぐにうなだれて、

「正樹は落ち着きすぎよ……なんでそんなに冷静なのよ……平気なの？」

「別に平気じゃないけど、でも今も、そんなに厳しく詰め寄られたり、腹を立てるようなことを言われなかったし——まあ、ちょっと遠慮のない人であるのは確かだけれど」

「ちょっとどころじゃないわよ……ああもう」

綺は何度も首を左右に振って、頭に籠もった熱を追い出すような素振りをする。

「私は、心配なのに……」

「ごめん、なんか疲れさせちゃって」

「謝らないでよ……正樹はなんにも悪くないでしょ……」

「それで綺——これだけは今、確認しておかなきゃならないんだけど……姉さんのことだけど」

正樹がそう切り出したところで、綺もぴくっ、と身体《からだ》を硬直させた。

「うん……そうなのよね」

「姉さんがこのことを知ったら、絶対にただではすまないと思うんだよ。なにしろ姉さんは、綺のことをほとんど自分の妹——いや、もはや娘のように思っているから」

「わかってるわ、凪にどう伝えればいいのかしら……」

「いや、だからさ——しばらく姉さんには言わない方がいいと思うんだよ。どうやら彼らも、僕には接触してきても、姉さんには何も言ってないみたいだし」

「ええ？　でも——いや、そうか、そうね。凪を巻き込むことはできないし。私だけでどうにかしなきゃいけないんだし」

「僕もいるけどね」

「正樹は——ああ」

「とにかく連中がどこまで危険なのかを確かめるのが優先だよ。姉さんが絡んでくると、藪蛇《やぶへび》になりそうな気がするし。なにしろ霧間凪は強すぎるから」

「……でも、きっとバレるわ。隠し事なんかできないわ、凪に」

「それはしょうがないよ。まあ、いざとなったら僕が一発姉さんに殴られて、それで勘弁してもらうから」

正樹は冗談ぽくそう言って、微笑《ほほえ》んでみせた。

「………」

綺はその正樹の笑顔を見ながら、胸の奥でざわざわと嫌な予感が湧き上がってくるのを抑えられなかった。

5.

「——ふむ」

一方的に切られた通話に、飛燕玲次は特に不快そうな顔もせずに、かすかに鼻を鳴らしただけだった。そして自分の方も回線を切る。

彼がいるのは街の雑踏の中だった。電話は携帯端末から掛けていたのだ。谷口正樹の学校の回線は盗聴と逆探知の防止のために経由させられていただけで、飛燕自身は織機綺の料理学校からほとんど移動していなかった。彼が電話を掛けるときはいつもそういう回り道をするようだった。

そして歩きだそうとした彼の前に、ふらり、と黒い影がよぎる。

その影を見て、飛燕の顔に苦笑めいた弛《ゆる》みが生まれた。

「やあ、ブギーポップ」

彼は影に向かって話しかけた。

それは奇妙な奴《やつ》だった。全身を黒いマントでくるんで、筒のような黒帽子を目深に被《かぶ》っている。人と言うよりも地面から歪《ゆが》んだ柱がにゅっと生えているような、不安定なシルエットだった。

「どうにもよろしくないね、ラークスペーアくん」

ブギーポップと呼ばれたその影は苦い表情でそう言ってきた。

「そうかい？　私としては当然のことをしているだけだが」

飛燕がそう言い返すと、影はますます眉をひそめて、

「君は自分をまともだと思っているようだが、ぼくからしたら、君はいつだって世界の際に立って今にもこぼれ落ちようとしているんだよ。君がいるのは真ん中ではない。それを自覚してもらいたいね」

とぶつぶつ文句を言う。

そいつの顔は白塗りのような蒼白《そうはく》で、唇には黒いルージュが引かれている。明らかな異相であり、怪人なのだが、しかし周囲の通行人は誰もそいつのことを奇異な眼《め》で見たりしない。なぜか無視されている。本能的に関与することを恐れているかのように。それは人々が日常生活で〝死〟に対して取る態度と同じだった。

「ご忠告はありがたいが、実際これは私にとってはチャンスなんでね。織機綺はどうしても我が陣営に引き入れさせてもらうよ。ブギーポップ、君は彼女も警戒しているのかい？」

飛燕がそう聞いても、影はなおも唇を尖《とが》らせて、

「ラークスペーア、君はやはり勘違いしている。以前に君が助かったのは、何も求めていなかったからだ。それが君の本質であり、チャンスなど欲しくないはずだ」

と突き刺すような鋭い詰問調で言う。飛燕は肩をすくめて、

「あのとき、君に助けられたことは今でも感謝しているよ。しかしそれとこれとは話が別だ。ブギーポップ、君が統和機構さえも凌駕《りょうが》する存在であることは認めるし、その邪魔をする気もないが――しかし私のことも少しは考慮してくれないか?」

「何を考える必要があるんだい?」

「だから、私の立場というものさ。私だってシステムの中で生き延びていかなきゃならないんだよ」

「世界がなくなってしまえば、立場も何もないよ」

影は真顔で、まっすぐに飛燕を睨《にら》みながら言う。飛燕はその視線を受けとめつつ、

「君は〝世界の敵〟の敵だったな、ブギーポップ――それは私が君の敵になりかけているという警告と捉えていいのかな」

「世界の敵というのはどこにでもいるものだ。それはラークスペーア、君だけに限った話ではない。人間の数だけ世界はあって、それと同じだけ世界の敵がいるんだ。そして今、君はその境界線上にいる」

「私が堕落して悪に染まるというのか？　もしも誤解しているのならば訂正させてもらうが、私はカミールたちをむしろ助けようとしているんだぞ？」

「だから、だよ——ラークスペーア」

「？」

「君はさっきから、自分のことばかり言っている——しかし世界というのは君の中にあるのではなく、人々の間を埋め尽くしているものだ。君がいくら、自分の問題を解決したから問題ない、と言い張っても、世界がそれをどう解釈するかは、君のコントロールを外れている話であり——そこに善悪は一切の関係がないんだ」

「相変わらず、訳のわからない話だな——君はいつもそうだな、ブギーポップ。まるで君は私に織機綺たちを助けるなと言っているようじゃないか？」

「彼らが破滅しても、それは身から出た錆《さび》だ。世界の隅で朽ち果ててもらう」

「ずいぶん冷たいんだな——さすがは死神というところか。しかし私としては、多少の危険があろうとも織機綺を手に入れる必要があるんだ。そう——たとえ君を敵に回したとしても、だ」

　そう言いつつ、飛燕は手をゆっくりと挙げて、指先を黒帽子に向ける。

　するとその瞬間に周囲の空気が、びいん——と震えた。

　道行く人々も、その揺れを感じて一斉に立《た》ち停《ど》まる。

「な、なんだ──急に」

「耳が、きーん、って……」

「寒くもないのに、鳥肌が……」

「ず、頭痛がしてきたけど……」

皆がざわざわと騒いでいる中、飛燕と黒帽子だけが微動だにせずに、互いに向き合っている。

帽子の下の白い顔が、かすかに歪《ゆが》む。

「どうやら、以前よりはパワーが上がっているようだが──」

「そうだ。もう君に助けてもらわなくても危機から自力で脱出できるくらいにまで強くなっているんだよ、私だって」

この異様な現象は飛燕玲次の〈ラークスペーア〉の能力によるもののようだった。それが如《い》何《か》なる作用なのか、実際に被害を受けている人々にはまったく感知できない。何をされているのか、何が起こっているのか理解できない。

「何も怖くない、かい？　だから──それが間違っているんだよ」

黒帽子は吐息混じりにそう言うと、足を一歩前に踏み出す。

飛燕に近づいていく。

それに対し、飛燕の方も、

「何が正しいことなのか、完全には決まっていないんだろう？　ならば私も自らの可能性を試したいというものじゃないか？」

と不敵な笑みを浮かべながら、相手の接近を待ち受ける。

周囲に響く振動がどんどんと激しくなっていき、人々は耐えられなくなってきて、思わず耳を押さえて座り込む者もいる。しかしいくら手で遮っても、その振動は皮膚を、細胞を、骨格を伝わって至るところに伝播《でんぱ》していくので防ぐ手段はない。

「う、うわ……！」

「い、いや……！」

「ひ、ひい……！」

口々に呻《うめ》いて、歩道中で人々がもだえている中、黒帽子だけが進んでいく。

飛燕玲次の真正面まで来て、そして——そこで顔の歪《ゆが》みが変な形に収まる。片方の眉が妙に上に上がって、反対側の口の端が吊《つ》り上《あ》がる、それは挑発しているようにも、呆《あき》れ返《かえ》っているようにも見える、いわく言い難い左右非対称の表情だった。そして言い放つ。

「可能性を言い訳にするのはやめろ——その君の嘘《うそ》が、これから多くの者たちの道をねじ曲げることになるだろう」

「嘘——？」

飛燕が眉をひそめたところで、黒帽子はばっ、と身を翻《ひるがえ》した。マントが巻き上がるのと同調するかのように、その場に一陣のつむじ風が発生した。

その冷たくするどい風圧に、一瞬だけ飛燕は眼《め》を細めて、手で顔面をかばった。そしてその手を下ろしたときには、もう黒帽子の姿はどこにもなかった。

「む――」

と彼が呻くのと同時に、周囲に充満していた不快な振動も消されていた。皆がふらふらと立ち上がり、頭を左右に振りつつ「何があったんだ……？」と首をひねっている。

「――」

その中心で、飛燕玲次だけが憮然《ぶぜん》とした顔で立ちすくんでいる。

その首には、ひげ剃《そ》りに失敗したみたいな小さな切り傷がついていて、血がじんわりと滲《にじ》み出《だ》してきていた。いつのまに傷つけられたのか、飛燕にもわからなかったらしい。

（いつでも見えない刃《やいば》が首筋に当たっているぞ、という威嚇《いかく》か――ブギーポップ。しかし、そんなに危険ならば、どうして私をひと思いに殺さないんだ？）

飛燕は訝《いぶか》しみつつも、大きめに一息吐き出すと、ざわめく周囲の喧噪《けんそう》から離れるように、ひとり歩き出した。

6.

喫茶店から出たところで、綺はある衝動に駆られた。

このまま正樹を振りきって、走って逃げ出してしまいたいという衝動が胸の奥から湧き上がってきて、息苦しくなるほどだった。

自分が原因で起きつつある事態からみんなを守るにはそれしかないのでは――という焦りが彼女の頭の中でぎゅうぎゅうに充満していた。だが、当然別の冷たい理性がそんなことをしても意味がないと突き放す。彼女が消えても、あのサークルとか称している連中は正樹や関係者を放っておくはずがないし、何よりも、

（どこに逃げるっていうの――？）

その動かしがたい事実が綺を押し潰す。

「――うう」

彼女がかすかに呻《うめ》くと、正樹が彼女の肩を両手で支えるように、がしっ、と掴《つか》んできて、

「大丈夫だから。何も心配することはないよ」

と力強く言ってくる。だがその頼もしそうな表情を見て、綺はますます暗い気持ちになっていく。

（あのときと同じだわ――）

綺はまた、以前のアイスクリームの件を想《おも》い出《だ》す……。

「もう、いい」

綺が頑《かたく》なにアイス屋に行くことを拒んでいると、正樹はやがて、うーん、と大きめの呻き声を上げて、

「わかったよ。じゃあ僕が激辛カレーを食べよう」

といきなり言い出した。

「え？」

と綺が眉をひそめると、彼はいきなり目の前にあったカレー屋に入っていって、そしてそこで一番辛いメニューを注文した。綺が戸惑いつつ彼の横に座っても、彼はこっちの方を見もせずに、ひたすらに辛いカレーを食べながら、汗と涙を流していた。決して正樹は辛い物が得意ではないのは歴然としていて、無理ははっきりと見て取れたが、しかし彼はそれを無視するかのようにスプーンを口に運び続ける。

なんで彼がそんなことをしているのか、甘くて冷たいアイスの反対は熱くて辛いカレーということなのか、なんの説明もなく正樹は食べ続ける。

もしかして、遅刻した罰を自らに科しているつもりなのか、と綺が思い当たった頃には、正樹はもうすっかりカレーを食べ終わってしまっていた。

「ふうっ——」

正樹はそこで、やっと綺の方を向いた。顔が真っ赤になっていて、汗みずくになっている。

「さあ、僕はこれからどうすればいいと思う？」

正樹は綺に、挑発するような口調で訊《き》いてきた。綺はなにか気圧《けお》されてしまって、仕方なく、

「……じゃあ、次は冷たいもの、とか……？」

と言うと、正樹はにっこりと笑って、

「それが必要だろうね。僕は勝手に行くけど、君はどうする？」

とまた訊いてきた。綺は、

「……わかったわよ、付き合うわよ」

と、根負けしてそう言うしかなかった。

端から見たら、ほのぼのとした若い二人の微笑《ほほえ》ましい喧嘩《けんか》の風景だったろうが――綺には何か薄ら寂しいものがあった。

正樹の想《おも》いと、自分の想いと――どこか釣り合いが取れていないのでは、という気分。正樹は落ち込んでしまっていた綺を励ますためにやってくれたのだろうが、綺から見ると彼だけが一方的にペナルティを負ってしまったように思えた。

(じゃあ、私は――？)

自分はどうすればよかったのか、ふさぎ込んでしまっていた気持ちをないことにして、嘘《うそ》をついて笑ってみせてアイスを食べにいけばよかったのか、それとも――。

(もっと怒って、わがままになって、正樹に無理をさせる気も起こさせない方がよかったのか)

そんな風にも考えてしまうのだった。

……そして今は、この板挟みの状況下では、どうすればいいのだろう。

(私は——統和機構に戻るべきなのか。それとも別の道があるのだろうか——私は)

正樹のまっすぐな眼《め》に見つめられながら、綺はぐるぐると落ち着きどころのない思考の中で、なにか大事なことを忘れてしまっているような気がして仕方がなかった。そんな彼女の内心を無視するように、彼は、

「さて——これからどうしようか？」

と訊《き》いてきた。

「呑気《のんき》にデートどころじゃないけど、少し落ち着いた方がいいよね。行きたいところとかある？」

なにか緊張感がない。綺はため息をついて、

「……帰りたい」

と、こぼしてしまった。

「マンションに？」

「いや、そうじゃなくて……」

綺が今住んでいるのは霧間凪と同居しているマンションだが、そこに戻りたいというのでは

なかった。特定の場所ではなく、少し前の穏やかな状況に帰りたいと思った。こんな余計な心労に苛《さいな》まれていない過去に。

しかし当然、そんな彼女の心の機微など正樹にわかるはずもないので、

「うーん、そうだなあ。マンションだと姉さんがいるかも知れないし。いつも留守だけど、こういうときに限って寝てたりするんだよな、あの人は。あー。だったらさ、実家の方に行こうか。あそこなら落ち着いて考えられるよ」

と現実的なことを提案してきた。

「実家……って、谷口さんの家？」

正樹の両親はどちらも海外勤務で、その家は現在は空き家になっている。凪の私物などが山になって残されたままになっているので、誰にも貸していない。たまに正樹が戻って掃除をさせられている。

「いや、綺の家でもあるよ。霧間凪の家なんだから。身内の君はいつでも使っていい立場だし」

正樹は無邪気に、聞きようによってはずいぶんと大胆なことを言ったが、どうも本人はそのことに気づいていないようだった。

綺は困ってしまったが、しかし谷口家に行くのは別に初めてでもなかったので、気後れする理由もなかった。

「うーん……わかった」

綺がうなずくと、正樹は、

「じゃあタクシーでも拾って――」

と駅前の乗り場へと移動しようとしたが、そのときに予想外のことが起きた。

ぐっ、と彼のジャケットの裾を摑《つか》んでくる者がいる。綺かと思って、彼女の方を振り向くと、彼女の視線は下に向いていて、その両手も空いている。では誰が――と正樹も綺の視線の方に顔を向けると、そこには、

「……ぐすっ」

と泣きべそを搔《か》いている女の子が立っていた。

「ぐすっ、ぐすぐすっ……」

まだ小学校にも上がっていないような、小さな女の子だった。長い黒髪で、まるで市松人形のような可愛《かわい》らしい顔が、涙で汚れてしまっている。

「ええと――誰？」

正樹が綺に訊《き》くが、当然、彼女も首を横に振るだけだ。迷子だろうか。

「おにーちゃん、おねーちゃん――たすけて」

少女は泣きながらそう言った。正樹と綺は顔を見合わせて、

「えっと――お母さんかお父さんは？」

「いない――たすけて」

「君はどこから来たの？」

「たすけて」

「だからさ、君はどこから来たのかな？　それがわからないと――」

と正樹が話している間にも、少女はまたぐすぐすと泣き出した。

「こ、困ったなあ――とにかく交番にでも連れていくか」

正樹と綺は、少女の手を握って歩き出した。

＊

……その様子を陰から観察している者がいる。

（カミールども――思ったよりも冷静だな。谷口正樹の対応がいいようだ。あの迷子の面倒を見る気か。トラブルを大きくしないという点では正しいが……行動が制約されるぞ）

合成人間スタッグビートルである。彼は綺たちが移動していくのを観察しながら、どこかに連絡を始める。

「――おい、ローカスト。そろそろ出番だぞ。奴《やつ》らは駅前交番に向かうようだ――」

anti-2 反―構想

（思い込みは常に崩れ去る）

『何かを計画するときに
願望がなければ目標を設
偏見のない願望は存在し
計画通りに進行するのは

――霧間誠

1.

（この子——）

織機綺は、正樹と手をつないでいる迷子の少女をぼんやりと見つめながら、どうにももやもやと歪《いびつ》な感情が湧き上がってくるのを止められない。

（自分が泣いたら、回りの人たちはみんな助けてくれるって信じているのかしら……ずっとそうやって大切にされてきたんだろうか。泣いても誰も助けてくれなかったこととか、一度も経験したことがないんだろうか……）

そんな風に考えてしまう。そして少し自己嫌悪に陥る。もしかして自分は、ついさっきまで綺のことだけを考えてくれていた正樹が、今はこの見知らぬ迷子の方を心配しているみたいだ、と嫉妬しているのかも知れない。

（こんなこと考えてるって知られたら、正樹にも凪にもきっと嫌われるわね……）

心の中で落ち込みつつ、綺は正樹と少女の後をついていく。

「あれ？」

交番に着いたところで、正樹が声を上げた。そこは空っぽだった。警官が一人もいない。

「おかしいな。駅前だから大抵誰か一人ぐらいはいるはずなのに——」

正樹はきょろきょろと周囲を見回すが、やはり警察関係者らしき姿はどこにも見当たらない。

彼の不安を感じ取ったか、少女が正樹の手を強く握ってきて、またぐすぐすとぐずり始めた。

「し、しょうがない——誰か戻ってくるまでここで待っていよう」

正樹は少女を交番の前にあるベンチに腰掛けさせて、なんとか落ち着かせようとした。綺は
その間、ただぼーっと二人のことを見ているだけで何もできることがない。

「…………」

「綺も座ったら？」

正樹が訊《き》いてきたが、綺は首を横に振って、

「ううん、いい」

と断る。正樹は困ったような顔になるが、子供の前であれこれ言い合うわけにもいかず、そ
れ以上は勧めなかった。

少し気まずい沈黙が落ちる。雑踏の騒音の中なのに、妙に静かな空気が綺と正樹の周りにだ
け漂っている。

「…………」

「…………」

その二人の間で、迷子の少女だけがめそめそ泣いている。すると——。

「おやあ、どうしたんですか？　夫婦《ふうふ》喧嘩《げんか》ですか？」

と声を掛けてきた者がいる。綺と正樹がびくっ、と顔を上げると、そこには一人の男が立っていた。

綺がぎくりとなったのは、その男が丸々と太っていたからだ。彼女にとってその体型は忌まわしいスプーキーEを連想させた。だがスプーキーEは胴体だけが太くて手足が棒のように細いという異様な体型で不気味だったのに対して、その男は普通で、にこにこと愛想も良く、髭《ひげ》のないサンタクロースという感じだった。

「いや、別にそういう訳じゃ——警察の方ですか？　この子は迷子で——」

と正樹が話しかけようとしたら、男はその途中で激しく首を振って、

「いやいやいや、警察じゃないですよ。警察官に見えますか？　私もお巡りさんに用があって来たんですが——いないみたいですね」

と早口でせかせかと喋《しゃべ》った。そしてハンカチを出して顔の汗を拭く。それから正樹の隣に、よっこいしょ、と腰を下ろした。

「するとお二人は、まだ結婚はされていないのですか」

「いや、僕ら高校生ですから」

「おやおや、これは失礼、早とちりしてしまったみたいですね。でもなんとなく、お二人にはそんな風な印象があったので——倦怠期《けんたいき》の夫婦みたいな」

いつもならこの手の冗談に照れたり慌てたりしてしまうのだろうが、今はそんな余裕がない。

正樹は苦めの愛想笑いで応じた。しかしここで男が、

「いや、結婚している方が色々と都合がいいんですけどね。そうなると既に在籍済みの織機綺と一緒に、統和機構に自動的に入会ってことになって面倒がないので」

とあっさり言ったので、表情が強張《こわば》ってしまった。

「………」

「警官、来ないですね――」

男はとぼけたように言う。そこで綺が立ち上がって、

「話なら私が――」

と男に詰め寄ろうとしたところで、正樹が制して、

「やめよう綺――子供もいる」

と静かに言った。綺は、ううっ、と少し悶《もだ》えてしまうが、それでもなんとか黙った。男がうなずいて、

「既にお話は別の者がさせてもらっていると思いますが――私は〈カウンターズ〉というサークルに所属している者です。名前は柴多《しばた》寿朗《としろう》と言います。どうぞよろしく」

「どうしてこんなところで声を掛けてきたんですか？」

「人が大勢いたり、警察が近くにいる方が、あなた方も安心かと思いまして。ちょうどいいタイミングだと」

「尾行していたと？」

「ええ」

柴多はまったく悪びれずにそう言った。それから肩をすくめて、

「先程は失礼しました。あの七星那魅はちょっと無礼なところがありまして。彼女が谷口くんに接触したのは完全な勇み足でした。あなた方二人に一緒に話を聞いてもらうはずだったのに。そのお詫《わ》びがしたくて、こうして早めに出てきてしまいましたよ」

と頭を下げてみせたが、しかし丸い身体《からだ》のせいか謙虚な印象はまったくない。わざとらしくて、どこかふざけているようだった。

「なんで私なんですか？」

綺の声はどうしても険しい響きになる。

「あなたが特別だからですよ」

「私は——私にはそんなものはありません。普通の女の子と変わらないです。いや、むしろ要領が悪いくらいです」

「だから特別なんですよ」

柴多はにこにこと微笑《ほほえ》みながら言う。

「カミールさん、あなたは合成人間だ——それなのになんの能力もない。それこそが特別なんですよ」

「……どういう意味ですか？」

「ここから先はちょっと高度な話になってしまうんですが――谷口くんはいいんですか、踏み込んでも？」

さらりと警告を発してきた。正樹はちょっと顔を強張《こわば》らせて、そして隣の迷子の少女の方を見た。すると彼女は泣き疲れたようで、いつのまにか寝入ってしまっていた。そこでうなずいて、

「ええ――大丈夫です」

と言うと、綺が心配そうに彼を見たが、正樹はあえてそれを無視した。当然だろう、という姿勢を明確にしたかったのだ。柴多もうなずいて、

「我々、合成人間というのは、実は自分たち自身でも自分がどういう存在なのかよくわかっていないんですよ。なんで特別な能力があるのか、自覚できていない。カミールさんも、自分がどうやって生まれたか知らないはずです。違いますか？」

「――――」

綺は返事をしなかったが、柴多は反応を待たずに、

「しかし、わかっていることもある――それは合成人間というのは、その能力と引き替えにリスクを負っているということ」

「リスク……？」

「合成人間は、能力を獲得できないと死んでしまうのです」

と言った。これに綺が眉をひそめる。

「……なんのこと？」

「ですから、ふつうの人間が合成人間になるとき、能力を覚醒できない者は死ぬんですよ。おそらくこの能力というのは一種の〝免疫〟——強引にパワーを合成するという〝毒〟に対抗するための手段なのでしょう。だがその代わりに、ふつうの人間よりも肉体再生力が強かったり、筋力や耐久力も上回ることになる」

「…………」

綺は憮然《ぶぜん》とした顔になり、正樹がそこで、

「ちょ、ちょっと待ってくれ——じゃあ、綺は合成人間じゃないってことになるのか？」

と焦りつつ訊《き》いても、柴多は首を横に振って、

「いいえ。カミールは合成人間です。肉体に、合成人間を生み出す作用のある〝刺激薬〟の痕跡があるのは、もうわかっている——この前も、料理学校の身体検査で血液を調べたし」

と言った。綺ははっとなって、数ヶ月前の身体検査のときに採血された所を押さえてしまう。

（あのときは——料理する者が何らかの感染症に罹《かか》っていたら困るから、って言われて——でも、生徒全員がやったのに……）

綺が怯《ひる》んでいる中、正樹がさらに、

「でも、綺は無事に生きているじゃないか。言ってることがおかしいよ。何か間違っているんじゃないのか？」

「そもそもカミールを施設から連れ出したスプーキーEが、その辺のことを適当に処理していたので、問題が曖昧《あいまい》になっていたんですよ。ヤツは君をただの失敗作だとしか思っていなかったが——しかし、そうではないかも知れない」

柴多は綺のことをまっすぐに見つめながら、言う。

「君はもしかすると、統和機構と一般人との間をつなぐ架け橋になれるかも知れないよ、カミール」

「………」

「君に能力がないということは、つまり君は能力の発現という劇的変化なしに、刺激薬を受け入れられる体質ということになる。この薬品は我々にも正体不明で、どこから供給されているのかは、おそらく中枢《アクシズ》とその腹心くらいしか知らない。合成人間の大半は元は他では治る見込みのなかった難病におかされていたり、事故で死にかけていたところに刺激薬を投与されて生まれる。もし能力獲得というリスクなしにその薬が使えるのならば——世界の医療界は激変することになるだろう」

彼はまるで、特別な能力を忌まわしい副作用のように言う。そして、それはおそらくその通りなのだろう。力というのは持っていれば良いというものではない。その力が宿主を滅ぼしてしまうようなものならば、ない方がいい。そして肉体再生効果だけを享受できるのならば――。

「………」

綺は憮然《ぶぜん》とした顔のままである。それから吐き捨てるように、

「……本気で言ってるんですか？」

冷たい声で訊《き》いた。柴多はにこにこしたまま、

「私が本気かどうかは関係ありませんよ。ただ、そういう考え方もあり、そして君がその鍵を握っているのは間違いない。となると次は――その権利をどの陣営が握るか、という話になってくる」

と、穏やかだが、綺以上に底冷えのする声で静かに言った。

「綺を取り合うっていうんですか？」

正樹が詰め寄っても、柴多は平然としている。はい、とうなずく。

「我々〈カウンターズ〉こそがカミールを最も有効に活用できると思っていますよ」

「活用って、何をする気ですか？」

「それはこれから慎重に考慮したいと思っていますよ」

「何も考えていないんじゃないですか。とにかく綺を確保したいだけで、別に展望なんてないんでしょう」

正樹は顔をしかめた。しかし――ここでそのことを責めても相手は痛くも痒《かゆ》くもないだろう。

彼はそう思ったが、綺はストレートに、

「そんなの、別に私が必要でもなんでもないじゃないですか！」

と怒りだした。そこで正樹が、

「綺、声が大きいよ。今は落ち着いて――」

となだめようとしたところで、彼は、

（あれ――？）

と異変に気づいた。

ここは駅前である。人通りの多い地域だ。ましてや今は夕方であり、会社や学校帰りの者が溢《あふ》れているはずである。

それなのに――誰もいない。

駅前広場に接している交番の前に、人影がまったく見当たらない。

しーん、と静まり返っている……車さえ来ない。

（いや、今まで気づかなかったけど……僕らが交番に着いた頃から、もう通行人がまばらだったんじゃないか？）

正樹の表情を見ながら、柴多は相変わらずにこにこと微笑《ほほえ》んでいる。

「いつもならこのやり方は作戦行動時に限定されるんですが、まあ今回は、お二方に我々の実力を知っていただこう、ということで」

ここで綺も気づいて、きょろきょろと周囲を見回して、絶句する。これに柴多が、

「ああ、カミール——あなたはやっぱり、それほど統和機構のことを知らないようですね。こんなのは一度でも実戦を経験している者ならば常識ですよ？」

「…………」

苦い顔の綺に対して、正樹はまだ衝撃から醒《さ》めていない。

（これはいったい——何をどうすれば人通りをなくせるんだ？）

映画のエキストラ誘導じゃあるまいし、一般人の人の流れをまったくそれと気づかれずに制御することなど不可能だ。別のところで電車を停《と》めて、代替輸送で他の駅に向かわせているのだろうか？　それにしても誰もいなくなるというのは無理だろう。ということは——なにか不自然なことを起こしている。大勢の不特定多数の人間を、無意識に遠ざけることができるようなものとはなんなのか？

「う……」

動揺している正樹に、柴多は、

「我々に展望がない、と言いましたね——その通りです。だからいいんですよ。そこがいいんです。君はカミールを、我々が好きなように利用するのではないか、と恐れているのだろうが……それなら話は逆ですよ。まずカミールを求めようとしたのは我々ではなく〈アンチタイプ〉の方なのですから」

と言った。

「現に、ラークスペーアがカミールに接触してきたでしょう。何かを企《たくら》んでいるのは〈アンチタイプ〉の方であって、我々ではない。つまり連中はカミールを使って何かをしようとしているが、我々にはそういう具体的な目的は今のところない。あくまでも〈アンチタイプ〉の陰謀を阻止するのが狙いなのですから」

とても正直であけすけで、身も蓋もない。しかもそういうことを綺本人にではなく、正樹に向かって言う。

「あなたやカミールには知る由《よし》もないことですが……〈アンチタイプ〉のリーダーは、統和機構の中でもあまり評判の良くない者なのです。強引で、自分の影響力を拡大することに貪欲で、遠慮というものが欠けている……しかし正体は不明で、部下たちの陰に隠れて陰謀を巡らせているのです」

「リーダー……」

「我々はそいつのことを〝ミニマム〟と呼んでいます。そのミニマムこそが、今回の件で、カミールを求めている張本人なんです」

「……なんのために？　さっき言った〝架け橋〟とかで？」

「それは我々にもわかりません。だがミニマムがカミールを必要としているのならば、我々としても座してそれを見過ごすわけにもいかない」

「うーん……」

二人が勝手に話しているので、綺はいい加減イライラが募ってしまって、

「私のことをそんな、そんな適当に……もう！」

と叫んでしまった。すると不意に、声がした。

「適当──ではない」

その声は彼女たちの間から聞こえてきた。誰が言ったのか、皆は一瞬でわかったが、しかしそれでも全員の顔に虚を衝《つ》かれた空白が生じた。

まさか、ここで彼女が発言するとは思わなかった人物が、いきなり喋《しゃべ》ったから驚いたのであって、その出現そのものには意外性はなかった。彼女は最初からそこにいたのだから。

「カミール──おまえが要る。おまえは我々のものだ」

そう言ったのは、正樹と綺が交番にやってくる、その原因となった存在──小さな迷子の少女だった。

「え──」

と綺が茫然《ぼうぜん》としている前で、柴多が立ち上がって、椅子を蹴倒して後ずさった。そして呻《うめ》くように、

「ま、まさかおまえが、ミニマ──」

と言いかけたところで、もうそれは完了していた。

少女が顔の前に手を持ち上げて、すっ、とかるく横に振った。

それと連動するように、柴多の肉体が変形した。

顎から上が右に、首から下が左に回転した。見えない巨大な手に掴《つか》まれて、絞られる雑巾のように、ぎりっ、と捻《ねじ》れてしまった。

「――――」

柴多は一言も発することなく、その場に崩れ落ちて、ぴくぴく、と二、三度痙攣《けいれん》した後で、動かなくなってしまった。

「………っ！」

正樹は反射的に、綺と柴多の間に立っていたが、すぐに過ちに気づいた。別に柴多の方に危険はなかった。むしろ彼が綺の盾となりたいのならば、塞ぐべき対象はやられた男ではなく、やった少女の方だった。

ばっ、とそっちの方を見ると、もう彼女は背を向けて、この場から立ち去っていくところだった。

「え……」

と正樹が声をあげそうになったところで、今度は背後から声が掛けられた。

「さて――君たちもすぐにここから離れた方がいいと思うがね？」

飛燕玲次だった。

自信満々で、いつでも取り澄まして気取っているようなこの嫌な男が、いつのまにかすぐ近くにまで来ていたのだった。

こいつはサークルでいうと〈アンチタイプ〉の方で、つまりは今の少女の部下のひとりということになる――。

「あ――」

正樹が口をぱくぱくさせていると、綺が身を乗り出してきて、

「どういうつもりなんですか、こんな街中で――」

と飛燕に詰め寄ったが、彼は動じることなく、

「この辺りから人を遠ざけていたのは、今やられたローカストという男の能力だったから、そろそろ人が戻ってくるぞ。こんな死体の側《そば》に残っていたら、君たちは無駄なトラブルに巻き込まれることになると思うよ？」

と嫌味っぽく言ってきた。綺の顔がみるみる険しくなる。

そして正樹は、改めて思い知っていた。

（こ、この二人――）

飛燕も綺も、目の前で人が一人殺されたという事態に対しては、特にショックも何も受けていないらしい。どうやってそれに対処するか、という問題で揉《も》めているだけで、殺人という行為の非倫理性については前提にさえしていないようだった。

（二人とも、そういう世界の住人——綺も、僕には想像もつかないような地獄をくぐり抜けてきて、今、ここにいるんだ——）

自分がとんでもなく無邪気でおめでたい坊ちゃんに過ぎないことに、正樹は身が竦《すく》む思いだった。

そうやっていたのも、ほんの十数秒のことだった。がらんとした駅前広場に一台の車がすーっ、とやってきて、三人の前に停《と》まった。正樹たちを招くようにドアが自動で開いて、中から陰気な声で、

「急いでください」

と言われた。正樹は困惑したが、顔をしかめたままの綺が彼の手を引っ張って、

「ここは迷っている場合じゃない、正樹——行くしかないわ」

と車の後部席に導いた。二人が入ると同時にドアがまた自動で閉まる。その間に飛燕も助手席に乗りこんでいて、車はすぐに発進した。

＊

〝くっくっくっ——ざまあないな、ローカスト〟

その声は、特殊な波長で発せられているために、対話している両者の間でしか聞こえない共

鳴通話だった。

その声が漂っているのは、交番前の地面にぐったりと倒れて動かない首が異様に捻《ねじ》れてしまっているでっぷりと太った肉体の、その耳元である。

すると次の瞬間、その肉体から、

「ちっ――」

という舌打ちが響いてきた。しかしその唇も頬もまったく動いていない。

「いきなりとは、なんて遠慮のないヤツだ」

その顔にはもう一切の表情がないが――異常なのはその瞼《まぶた》の下だった。

眼球がない。空っぽの穴があるだけで、その中は真っ暗な影になっている。そして唇も変だった。その中に歯がない。鼻は奇妙な形に凹《へこ》んでしまっていて、鼻梁《びりょう》にあたるものがまったく見当たらない。これに似ているものは何かというと――ずれた覆面だった。仮装用のマスクを被《かぶ》って、そしてぐるっと横に回すと、こんな風に眼《め》や口の穴の部分が下の人体の当該箇所からずれてしまって、穴が空いているだけになる。それと同じだった。

そして、風船から空気が抜けていくようにその柴多寿朗の膨らんだ肉体がみるみる縮んでいく。

その残骸からするり、と細い身体《からだ》が滑るように出てくる。脱皮――その表現が最も適切だろう。

「ふん——しかし、収穫がなかったわけでもないな。やっと〝ミニマム〟のツラを直《じか》に拝めたという訳だ」

その細い男は、ついさっきまでのサンタクロースのようなにこやかな印象は欠片《かけら》もなく、全身から無駄な肉をすべて削《そ》ぎ落《お》としたような鋭さしかない。合成人間ローカストの、これが本当の姿だった。

「おい、スタッグビートル——ちゃんと追跡しているんだろうな？」

〝ああ。カミールとラークスペーアの方は任せてもらおう〟

「よし、このままでは済ませんからな……」

彼は足元に落ちていた自分の抜け殻を拾おうと身を屈《かが》めた……そこで彼の視界の隅に、奇妙な影が入る。

無人のはずの駅前広場の真ん中にぽつん、と地面から伸びた黒い筒のようなシルエットが——。

「——?!」

びくっ、と身を起こした。だがそのときには、そこにはもう何もなかった。

（なんだ——錯覚か？）

ローカストは何度か瞬《まばた》きしたが、しかしその影の痕跡はどこにも見出せなかった。

「……………」

彼は首を左右に振って、気を取り直すと、その場に自分がいたという証拠を回収して、跳躍し素早く立ち去った。

2.

綺と正樹が連れて行かれたのは、別に秘密基地とかではなく、少し郊外に入りかけたところにある小洒落《こじゃれ》たイタリアンレストランだった。全体で二十四席くらいの、中ぐらいの規模の店である。

「ああ、こっちこっち!」

その店には先客がいて、綺たちを見ると立ち上がって大きく手を振ってきた。

「あなたがカミールね? 可愛《かわい》い娘《こ》じゃない!」

若い男と女のカップルだった。今の綺たちの殺伐とした状況に似つかわしくない、陽気で明るい雰囲気を撒《ま》き散《ち》らしている。

「…………」

正樹は思わず飛燕の方を振り返った。彼はうなずいてみせる。

「もちろん、彼らも〈アンチタイプ〉のメンバーだよ」

「やあやあよろしく、私はムーラン・マグノリアだ」

「私はリリィ・マグノリアよ。あなたたちを歓迎するわ！」

二人は正樹の戸惑いを無視するかのように、馴《な》れ馴《な》れしく寄ってきて、肩をぽんぽんと叩《たた》いてきた。

「……………」

綺はそんな彼らにずっと訝《いぶか》しげな視線を向けていて、敵意を隠そうともしていない。だが二人はそれにもまったくおかまいなしで、

「さあさあ、こっちの席へどうぞ」

「この店って素敵でしょう？　私たちの行きつけなのよ」

二人に奥の方に案内されて、正樹と綺は渋々と席に着いた。すると飛燕は、

「私はちょっと別件があるので、先に食事を始めていてくれ。それじゃ」

と言って、また外へと出ていってしまった。

残された正樹と綺は、お互いの顔を見合わせるが、しかし何を言っていいのかどちらもわからずに、黙り込んだ。

そんな二人に、ムーランとリリィが無遠慮に、

「ねえねえ、お二人さんはいつ頃からお付き合いしているの？」

と質問してきた。

「……………」

綺は憮然《ぶぜん》とした顔を崩さずに、相手を睨《にら》みつけて、

「あなたたち、恥ずかしくないんですか？」

と言った。二人が「ん？」と訊《き》き返《かえ》すと、綺は、

「あんな小さな子供の言いなりになってて。いい歳《とし》をした大人でしょう、あなたたちも飛燕も。サークルだかなんだか知りませんが、あんなミニミニとかいう――」

と彼女が喋《しゃべ》っている途中で、二人は笑い出した。けらけらと陽気に声を上げる。

「何がおかしいんですか？」

「ミニミニじゃなくて、ミニマム、だよカミール。我々のリーダーの名前を変な風に変えないでくれないか」

「そうよカミール。それにミニマムというのも通称で、彼女の正式なコードネームは〈ブルー・ダリア〉よ」

「名前なんかどうでもいいです！」

綺はただ不機嫌なだけだが、横の正樹は顔を青くしている。

（ちょ、ちょっと今、すごく簡単に名前とか言ったけれど――さっきのローカストという男が言っていたことが正しいなら、これってものすごい秘密を教えられてしまったんじゃないのか……？）

その秘密を知っているということが関係者にバレたら、正樹と綺もただでは済まないのでは

ないだろうか。なんだかあっという間に引き返せない立場に追い込まれてしまっている……。

「そもそもカミール、君だってわかっているだろう。我々合成人間の見た目というのはあまりアテにならないってことが」

「ミニマムがいくらちっちゃな女の子にしか見えなくとも、彼女は私たち全員を束ねている権力者であることは事実ですよ？」

「でも、名前だって、ミニとかふざけた感じだし」

綺はまだ腑《ふ》に落ちないという風である。彼女は自覚していないが、先刻の迷子のフリをしていた相手に対しての、嫉妬混じりの複雑な感情がまだ尾を引いていて、刺々《とげとげ》しい気持ちが消えていないのだった。

「ああ、それは彼女が統和機構の別の権力者、マキシム・Gと関係があるから、と言われています。マキシムが〝最大〟なので、それと対になる彼女は〝最小〟というわけです」

「まあ、マキシムというのがその意味かどうかもわからないので、かなり適当ですけどね！」

二人はそう言って、またけらけらと声を上げて笑った。

「マキシム・Gはすごいですよ。彼はロボット将軍とも呼ばれている、特別の中の特別製《スーパービルド》です」

「その戦力は単体で正規軍の空爆に匹敵し、襲われた都市は根こそぎにされてしまうと言われています。だから彼だけは、他の合成人間とは違って戦闘用とは呼ばれず、掃討用とか制圧用とか言われているほどです。戦ったり殺したりするのではなく、ただ蹂躙《じゅうりん》する――それが目的なのですよ」

「そしてミニマムはそれと対応している。すごいでしょう？」

「別にすごくなんかないです。そんな子供っぽい自慢されても、私はなんとも思いません」

綺が言い返すと、マグノリアの二人はさらに大きな声で笑った。

「あらあら、虚勢を張っちゃって！」

「子供っぽいのはどっちですかね、ふふふ」

（ううう……）

正樹はその笑い声が響く度に身体《からだ》がヤスリでがりがりと削られるような気分になる。綺は気づいていないが、正樹はさっきからずっと、この二人が向けてくる気配に圧迫され続けている。

それは殺気だった。

「ところで――お二人はいつ頃からお付き合いをされているのですか？」

「出逢《であ》った直後からだとしても、まだ一年と経《た》っていないですよね？」

またさっきの質問を繰り返してきた。どうやら下調べはついているらしいのに、わざわざ訊《き》いてくるのはからかっているのだろう。綺はむっとしているだけだが、正樹は背筋に冷汗が流れ落ちるのを感じた。彼にはその質問の意味するところがわかっていた。

「つまり――僕が信用できるかどうかわからない、ということですか」

正樹の問いに、ムーランとリリィはにっこりと微笑《ほほえ》んで、

「ミニマムが必要としているのはカミールだけですから。あなたはその中には入っていないんですね」

「ただ、カミールにとってあなたが必要だというなら、二義的にあなたも価値があるわけですね」

と、やはり明るく屈託のない口調で言う。正樹は、

「あなたたちはどうしてミニマムに従っているんですか。上司だからですか？　でも彼女は、どうやら味方であっても簡単に殺してしまうような非情な人のようですが」

と訊いてみた。どうせ危険な領域に足を踏み入れているのだから、思い切ったことでも質問できる。しかし二人はまったく表情を変えずに、

「ミニマムは強い。権力も持っている。それだけで従うのには充分な理由でしょう」

「それに〈カウンターズ〉の連中は味方ではない。奴《やつ》らは我々の敵です」

とあっさり言う。

「でも、同じ統和機構のメンバーでしょう？　話し合えばいいじゃないですか。綺を仲間にしたいのなら、別に取り合いなんかしなくても──」

正樹の反論に、二人はまた不快な笑いを響かせた。

「まさか本気でそんな生ぬるいことを言っているんじゃあるまいね？」

「駄目ですよ、谷口くん。そんな中途半端なことを言っているようでは、とてもこれからの〝試験〟をクリアすることはできませんよ」

突然に、耳に引っかかる単語を言われた。それに正樹よりも、綺の方が先に反応した。

「今〝試験〟って——そう言いましたね。どういうことですか？」

鋭い口調で訊《き》いても、二人はまったく表情を変えずに、

「ああ、あなたは関係ないです、カミール。あなたは最初から最優先ですから。でも谷口正樹くんの方はそうもいかない。我々〈アンチタイプ〉にふさわしい人材かどうかを、これから証明していただかなくてはならない」

言われて、正樹は返答できなかったが、綺の方が興奮して、

「正樹になにか文句があるのなら、私はあなた方に協力なんかしませんからね！」

と言ったが、やはり二人は穏やかな顔のままで、正樹に向かって、

「あなたの方はおわかりですよね、自分の立場が」

「彼女にこんな風に言ってもらって、それでいいと思っていますか？」

と詰めてくる。正樹が即答できずに口ごもっていると、彼らはテーブルの上に小さなガラス瓶をひとつ置いた。

「……？」

正樹が訝《いぶか》しげな顔をすると、二人は、

「それは〝洗脳薬〟と呼ばれる薬品です。統和機構ではかなり日常的に使用されている」

「文字通りに、頭の中を洗う効果がある。これを摂取すると、あなたは今までの出来事を忘れて、彼女のことも忘れて、平和にこの先の人生を送れるようになりますよ」

「こいつはかなり薄めてありますから、人格に変化はありませんから、ご心配なく」

と、平然とした調子で言ったが、つまりこれは、精神を破壊するような濃い薬品の方を普段は使用しているということでもある。倫理など欠片《かけら》も持ち合わせていないのだ。

「…………」

正樹の顔が強張《こわば》る。綺が横から、不安そうな眼《め》で彼のことを見つめてくる。彼女もそういう薬品の存在そのものについては特に疑問さえ持たないようだ。慣れている、そういう感じだった。

この人を人とも思わない非情な状況に自分は対応できるのか――だが、彼がここで身を引いてしまったら、綺だけが取り残されてしまうことになる……。

（…………）

正樹は目を閉じて、ふううぅっ、と長い息を吐いてから、ガラス瓶を相手の方に押し戻した。

「これはいりません」

と言った。するとマグノリアの二人はぱちぱちと拍手して、

「素晴らしい！　そうでなきゃいけません。男の子はいつだってお姫様のために頑張るヒーロ

ーでなければ」

「さすがカミールに見込まれただけのことはありますね。いや感心感心。では――さっそく」

とリリィがぱちん、と指を鳴らすと、文句を言おうとしていた綺が急に、がくん、とうなだれてしまって、そして――テーブルに突っ伏してしまった。

「――?!」

あわてて正樹が彼女に手を伸ばすと、その背中が緩やかに上下していた。

……寝息を立てていた。

「え……?」

「心配はいりませんよ? 何度も言いますが、彼女は最優先――危害を加えるはずもない。あなたと違って」

リリィがそう言いながら、今鳴らした指先をもてあそんでみせる。

(催眠術……今の音で? でも僕には効かなかった……綺に合わせた波長みたいなものを選べるのか? というか、綺と会ったのは初めてで、このわずかな間でそういう解析ができたことになる……情報分析に優《すぐ》れたタイプなのか?)

正樹は、ついさっきまではまったくの一般人だったが、すでに統和機構の合成人間には様々なタイプがいることを理解していた。それ自体がもう機密事項を知っていることになり、後戻りできない立場にますます追い込まれてしまっていた。もし価値なしと判定されたら――いったん断ってしまった今、あの洗脳薬とやらは濃いやつしか使われないだろう。

「さて、それじゃ行きましょうか」

ムーランが立ち上がった。え、と正樹が漏らすと、呆《あき》れたように言われる。

「彼女を起こしておくと、君をかばおうとするだろう？　その手間をはぶいてやったんだ。感謝してほしいね」

「それとも、彼女にお手々をつないでもらっていないと、怖くてどこにも行けないのかしら？」

挑発するように言われたが、それで腹を立てるほど正樹に余裕はない。

「そうですね——わかりました」

と彼も立ち上がる。綺を残して、三人とも店を出る。正樹は窓越しに眠っている綺のことを見た。もちろん心配だが、しかし——

（——しかし、僕がいると彼女はムキになってしまうのも事実だ。今は一緒にいない方がいいかも知れない……）

そんな風にも思うのだった。だが一応、

「綺をひとりで残しておいていいんですか？」

と訊《き》いてみる。するとこれにも、

「今、彼女はひとりではない——」

という予想された答えが返ってきただけだった。あの店に待機していたのはこのマグノリアの二人だけではなかったのだ。見えないところから別の者も監視していたに違いない。

また車に乗せられて、正樹が運ばれた先は、さっきのレストランからそれほど離れていない場所だった。郊外のさらに外れといった場所にぽつん、と建っている倉庫のような建物だった。ある意味ではアジト的なイメージ通りの場所とも言えた。

(綺と僕との待遇の違い、ってことかもな……)

心の中で苦笑しつつ、正樹は言われた通りにその中へと入った。倉庫のように見えたが、中はいくつもの部屋に分かれていて、その奥へ奥へと連れて行かれる。

地下へと続く長めの階段があり、そこを下っていくと、分厚い扉で閉ざされた部屋の前に来た。

「ここに入って」

扉をくぐると、中は真っ暗だった。振り返ろうとしたところで、がしゃん、と背後から閉められる。

「あの――」

『あなたはこれから〝そいつ〟を説得しなければならない。それが〝試験〟――』

扉越しの声はひどく遠くに聞こえた。なんなのかと混乱している正樹の耳に、闇の方から、

「いぎぎぎ……」

という呻《うめ》き声《ごえ》が聞こえてきた。びくっ、と音の方を向くと、なにやら金属がこすれ合う音がする。かすかに点《つ》いている照明に対応してきて、闇に眼《め》が慣れてくると、そこには一脚の椅子が置かれているのがわかってきた。そこに一人の男が座っている。

（……いや、括《くく》り付《つ》けられている、のか？）

こすれている金属音というのは、椅子と男の両腕を固定している手錠との間で生じているらしい。

「あ、あの……あなたは……？」

正樹がおそるおそる訊《き》くと、男は顔を上げた。

その顔を見て、正樹は背筋が寒くなる感覚に襲われた。とても幼く見える、若い男だった。正樹と同年代かも知れず、少年といっても通りそうだった。

しかし、その眼が異様だった。正樹を見ても、特に驚いたり、焦ったり、逆に喜んだりする様子もなく、ただぼんやりと焦点の合わない眼を向けてきて、

「そういうあんたは誰だよ？」

と変に穏やかな声で訊き返してきた。

3.

綺は、真っ白い空間の中に座っていた。

茫洋《ぼうよう》とした広がりがあって、その中に椅子が一つだけ、ぽつん、と置いてあって、自分はそこに腰掛けている。

「…………」

彼女がぼんやりとしていると、どこからともなく声が聞こえてくる。

「相変わらず、何考えているのかわからねえ、はっきりしねーツラをしてやがるな、おまえは」

その不快な声は、彼女にはひどく馴染《なじ》み深《ぶか》いものだった。数年に亘《わた》って、会話する相手といえばそいつしかいない時期を過ごしてきたから、忘れたくても忘れられない。

「スプーキーE……」

彼女が振り向くと、胴体はまん丸に肥えているのに、手足だけが針金のようにガリガリに痩せている、異様な体型をした男がそこにいた。

「ええ、カミールよ。おまえはアレだな、普段はおとなしいのは内心を隠しているんじゃなくて、実はなんにも考えていないことを皆にバレたくないから、そうやってむっつりしているんだろう？」

スプーキーEは、彼がいつもそうしていたように、ジャンクフードの入ったバケットを脇に抱えて、手を突っ込んでは取り出して口に入れながら喋《しゃべ》ってくる。

「………」

綺はスプーキーEを睨《にら》みながら、ふうっ、と息を吐いた。

もちろん理解している。これは夢だ。

「なんで、あなたが出てくるのかしらね、スプーキーE……夢で助言を求める相手としては、あなたは最悪なのに」

「ほほう、どうして俺だと最悪なんだ？」

「あなたは、自分自身ですら救えなかったじゃないの。どうして私を導けるというの？」

「ひひひ、そいつは逆なんじゃないのか？　おまえは実のところ、誰にも導いてなんか欲しくない。だから最も不向きなヤツを無意識が選択しているんだ。そうだろう」

「私は、凪や正樹や末真さんに導いてもらっているわ」

「そうかな？　もしかしておまえは、それが疎ましいとも感じているんじゃないのか。確かに連中はご立派な人間なんだろうさ。でもおまえはそうじゃねーだろう？　薄汚れた恥知らずだ。俺と一緒にさんざんエゲツないことをしまくっていたじゃねーか、なあ？」

「………」

綺は否定しない。夢の中では虚勢を張る必要はない。

「──そうか、それであなたなのね、スプーキーE。私の中で、もっとも身も蓋もない部分の象徴だから

「正直になれよ、カミール。俺の前でなら、いくらでもみっともない内心を吐露したっていいんだぜ？　ひひひ」

べろべろとフライドチキンをしゃぶりながら、スプーキーEは綺に絡んでくる。

「じゃあ、あなたは私はどうしたらいいと思っているの」

「そうだな。死ねばいいんじゃないのか？」

「…………」

「ひひひ。実際もう鬱陶《うっとう》しいだろ、色々と。なんか責任とか重くて、面倒になることもあるだろ？　正樹を守らなきゃいけないとは思うが、自分にそんなことができるのかとか思うと、気が滅入《めい》るよなあ？」

「……死んだら、みんなが悲しむわ」

「だから、それにもうんざりしてるんだろ？　なんで心配するかな、みんな。もう放っといてくれればいいのに、とも思ってるだろ、本音では」

「…………」

「統和機構とか勘弁してくれよって感じだよなあ？　さんざんひどい目に遭わされてきたのに、

さらにこんな訳わかんねー話を振られてよー。もうみんな死ねばいいのにってのが、偽らざる気持ちだろ？　つーかもう、何もかも灰になって燃えてしまえばいいのに、みたいな？」

「………………」

綺は否定しない。それができないことを感じていた。

「結局、私は何もできないって言うのね、あなたは」

「いやいや、おまえだよカミール――おまえ自身がそう思っているのさ。私にはなんにもできない、ってな。勘違いするなよ？　昔、俺にさんざんいたぶられたから性格がねじ曲がったんじゃないぜ？　それがおまえの生まれついての性根ってヤツなんだよ。いくら他人から優しくされても、それを信じ切ることができないんだ。どうせ内心では自分のことを馬鹿にしているんだと思っている。そして、そのことがどこか心地いいんだ。駄目人間であることに酔っている――」

スプーキーEは、ポテトチップの袋を傾けて、口の中にざらざらと流し込むようにして喰《く》っているのに、喋《しゃべ》りはよどみなくどこまでも続いていく。

「俺は死んで解放されたが、おまえはそうはいかないんだ。ひひひ。実のところ、おまえは俺が羨ましいんだよ。一足先に楽になりやがって、と嫉妬しているんだよ」

「私は――」

「やってみろやカミール――統和機構を相手に突っ張ってみせろよ。昔と同じだよ。おまえは俺にいくら殴られても、決して心の底から言いなりにはならなかったろう？　知ってるんだよ俺は。それはおまえが立派な人間だったからじゃない——俺よりも、もっと性根がねじ曲がっていたからなのさ。おまえは誰のものにもならないし、なれないんだ。そういう宿命なんだよ

——」

＊

「……っ！」

綺は、はっと我に返るように覚醒した。頭がくらくらする——何か夢を見ていたような気がするが、しかしよく覚えていなかったし、押し寄せてきた現実の記憶があっという間に彼女を正気に引き戻した。

がばっ、と身体《からだ》を起こすと、もう正樹は隣にいなかった。あの二人もいない。目の前にいるのは、

「やあカミール、お目覚めだね」

馴《な》れ馴《な》れしく微笑《ほほえ》みかけてきたのは、飛燕玲次だった。

「私——」

綺はなんだか、ひどく心がささくれ立っているのを自覚していた。気がついたら、

「正樹をどうしたんですか！」

と怒鳴っていた。すると飛燕はくすくすと笑って、

「自分が何をされたかよりも、まず彼氏の心配か。君はほんとうに谷口くんに頼りっきりなんだなあ」

と嫌味っぽく言ってきた。綺が睨《にら》みつけると、彼は肩をすくめて、

「彼の方は問題ないよ。君を見捨てたわけじゃない。しかしこれからの君の態度次第では、我々の彼への対応が変わってしまう可能性はあるが」

「……人質ですか」

「いいじゃないか。君はどうも恵まれた素質に甘えているようだから、彼の立場を上げるためになら、頑張る気にもなれるんじゃないのか？」

「何を頑張れって言うんですか？」

「そうだな——とりあえずは〈アンチタイプ〉への帰属を正式に表明してもらって、統和機構に自分の価値を売り込んでもらうことかな。もちろん我々からでもいいが、君が自分でアピールすることも必要だろう」

飛燕の言葉に、綺は心底うんざりした顔になって、

「私に価値なんかないことは、私が一番知っています——嘘《うそ》をつけっていうんですか？」

「それが必要なんだよ」

飛燕はあっさりと言う。綺がどう言い返したものかと一瞬逡巡《しゅんじゅん》したところで、

「嘘は慣れているだろう、カミール——何を今更」

という声が背後から聞こえてきた。ぎょっとなって振り向くと、いつのまにかそこに小さな女の子がぽつん、と立っていた。

ミニマム、と皆が呼んでいる少女だった。

「さっき、おまえは私のことを疎ましく思っていたのに、そのことを谷口正樹に言わなかっただろう——嘘をつくのは、おまえの習性のはずだ。違うか？」

大人びた口調で淡々と言われる、その声だけは先刻の迷子のときとまったく同じなのだった。

anti-3

反—救済

（自らの可能性を放棄する）

『人は己の正しさを容易に信じてし
正しいことはこの世にほとんど存在

——霧間誠一〈敗因と

1.

「あんたは偉い人なのか？　そんなに若いのに？」

その男は正樹に遠慮のない口調で訊《き》いてきた。自分が縛られているのに、そのことにはまったく頓着していないような、妙な落ち着きがあった。

「い、いや――僕は……」

と言《い》い淀《よど》んでいると、背後のドアの向こうから、

『その男は窪下庸介《くぼしたようすけ》――三日前に、統和機構の警戒網に引っかかった男ですよ。たいした腕もないくせに、重要機密にハッキングしようとして――ふふっ』

『身の程知らずですよ、要するに。しかしもしかすると、我々が利用できる価値があるかも知れない。その判断は正樹くん、君に任せます』

『そこで――君はそいつを〝説得〟してください。役に立ちそうだと思ったら、我が〈アンチタイプ〉に引き入れてください』

「いや、そう言われても――」

正樹は戸惑ったが、それ以上マグノリアたちの声は聞こえなくなってしまう。

（ど、どうすればいいんだ？）

彼の動揺を見て、窪下庸介はへへへっ、と笑い出した。

「なんだよ、おまえ——何困ってんだよ？　笑えるわあ」

「…………」

正樹は、この庸介という男は自分の立場を把握できているのだろうか、と疑った。

「あ、あの……窪下さん、あなたは何で自分が捕まったのか、わかっているんですか？」

「あん？」

庸介は急に不快そうな顔になって、

「なに急に上から目線で来てんの？　説教でもする気かよ？　別に俺はおまえに捕まったわけじゃねーんだけど。なに連中と同じ立場にいるみたいな態度取ってんの？」

とべらべら喋《しゃべ》る。正樹は困惑したまま、

「いや、えーと……そんなつもりじゃなくて」

「じゃあなんのつもりだよ？　もしおまえが俺をここからすぐに助け出せるなら、さっさとやればいいだろう」

とても助けてほしいと願っている者の言葉とは思えないことを言う。

「それが、すぐには難しそうで、あの」

「なんだよ、使えねーなあ！　これだからなあ、ガキは！　自分ばっかり格好つけてよお！」

大声で喚《わめ》きだす。正樹はなんとかなだめるように、

「今、連中、って言いましたよね。あなたは彼らの正体をどれくらい知っているんですか？」

と訊《き》いてみる。すると庸介は、がくん、と首を垂らして、

「……そんなつもりはなかったんだよなあ……そんなつもりじゃ……」

と小声でぶつぶつ言い始めた。

「ちょっとだけ知りたかっただけなんだ。資金の流れがおかしいと思ったから、ちょっとだけ侵入してみただけなんだ。だってそうだろう。債券の移動もないのにあからさまに数億単位の金が出たり消えたりしているんだから。それでつい手を出してみただけなんだ。誰だってやるだろう。俺がうかつだったんじゃない。そうとも、俺はミスをしていない。誰だって引っかかる。みんなそうなるはずだ。俺だけじゃない。俺は悪くない……」

正樹には意味不明の言葉をえんえんと言い続けているので、途中で、

「あの……」

と口を挟んでみると、急に黙り込んで、じろり、と正樹を上目遣いに睨《にら》みつけてきた。

「おまえ——マサキとか呼ばれていたな」

「は、はい」

「俺と取引しないか？」

「え？」

「そうとも、取引だ。きっとうまくいくぞ。俺に任せれば大丈夫だ」

「何を言ってるんですか？」

訳がわからず、そう訊《き》き返《かえ》してしまう。すると庸介はまた、

「黙って言うことを聞いてりゃいいんだよ！」

と怒り出した。正樹が絶句すると、庸介は歯をかちかちと鳴らしながら、

「大丈夫なんだよ。何の問題もないんだよ。俺は。マサキ、おまえなんかにはわからないだろうが、俺は特別な人間なんだよ」

と言う。正樹が応じられないでいてもかまわずに、さらに続ける。

「おまえたちは、みんな馬鹿みたいに他から与えられるものだけを口開けて待っているだけだが、俺は違う。俺は自分で物事を動かせる人間なんだよ」

拘束されて、まったく動けない状態のくせにそんなことを言う。

「…………」

「おまえみたいな奴《やつ》は昔、同じクラスにもいたよ。毎日それなりに楽しそうで、要領よく生きているみたいな顔をしているんだが、実は周囲に流されているだけで、なんにも考えていないんだよ」

勝手なことを言われる。カンボジアからの帰国子女で周囲に溶け込めないことに悩んでいる正樹としては完全に見当外れな言葉なのだが、反論するとどんな反応をするかわからないので、何も言わなかった。

「だから俺が考え方を売ってやる。おまえみたいな奴が半端なことをやろうとしてしくじるよりも、俺のようにきちんと物事をわきまえている男にアドバイスを求めるべきなんだよ」

「………」

正樹は心の中で、ひたすらに焦っていた。

（どうしろっていうんだ……こんな人をどう評価しろと？　味方に引き入れる、とかそういう話じゃ全然ないだろう……）

とにかくこの窪下庸介は、どういうつもりかわからないが、目の前にいる正樹に対して優位に立とうとしている。そんなことをして今の彼に何のプラスになるのかまったくわからないが、そのことに固執している。

（そもそもこの人って、僕がどういう立場なのか気にならないのか？　自分を捕まえたマグノリアたちの同類だとしたら、怖がっても当然なんだが……）

正直に説明した方がいいとは思うが、さっきからそういう話をするきっかけを全然与えてもらえない。

（……仕方がない）

心の中で嘆息しつつ、正樹は庸介に、

「取引って――具体的に、僕は何をすればいいんですか？」

と訊いてみた。すると庸介は眼《め》をぎらりと輝かせて、

「俺に一億ほど任せてくれ」

と言い出した。さすがに正樹は呆《あき》れて、

「あなた、今の状態でお金なんか持っていてもしょうがないでしょう」

と言ったが、これにも庸介は聞く耳を持たずに、

「すぐに倍にしてみせるから。あの連中もそうすればきっと誤解が解けるから」

と言い張った。

「誤解、って——あなたは彼らにどう思われていると考えているんですか」

「連中は勘違いをしているんだ。俺は別にスパイじゃない。あくまでもトレーダーなんだよ。どこの企業ともつながってなんかいないんだ」

どうやらこの男は、未《いま》だに世界の裏側で君臨する統和機構のことも、自分がどれほど危険な状況にあるのかさえ把握しようとせずに、自分の常識の範囲内だけで判断してしまっているようだった。

想定外の出来事もこの世には存在する、ということをどうしても受け入れられないらしい。

「金では解決できない。そんなことを言っていたらいつまで経《た》ってもあなたは自由になれませんよ」

正樹がそう忠告しても、男は馬鹿馬鹿しい、という調子で、ふん、と鼻を鳴らした。

「建前なんかどうでもいいんだよ。現実には金で解決しないことなんかないんだ。そりゃあ難

しい問題は多い。しかしそれは、それに対応できるだけの金額がないだけだ」

悪びれることなくぬけぬけと言い切る。正樹は目眩《めまい》がしてきた。

（これを〝説得〟しろっていうのか？　それが僕に与えられた〝試験〟だと？　なんてこった——）

2.

「さて、カミール——」

ミニマムは少女の姿に似合わぬ威圧感と共に、綺に向かって話しかけてきた。

「最初に確認しておくが——おまえは自分の秘密については自覚していないのだな？」

「だから、そんなものはありません」

綺は同じ主張を頑固に繰り返す。しかしミニマムはそれに怒りも苛立《いらだ》ちもせず、冷静に、

「おまえが知っているかどうかは大して重要じゃない——問題は、その秘密の解明におまえの生存が必要かどうか、ということだ」

と言った。綺が少し唇を尖《とが》らせると、横にいる飛燕玲次が、

「つまり君の死体を調べれば、その特性を分析できるのかどうか、ということを気にしているんだよ、この人は」

と綺に言わなくてもわかることをわざわざ念押しするように言う。脅しているのかふざけているのか、相変わらずとぼけた態度の男だった。

「…………」

黙っている綺に、ミニマムは淡々と、

「しかし現時点では、おまえを殺してすべてを台無しにする危険を冒す必要はまったくないから、生きたまま確保するのがもっとも適切な方法だ」

そう言ってきた。ここで綺は、

「なら、正樹を殺すのも無理です」

と相手を睨《にら》みつけながら言う。ミニマムが少し無言でいると、飛燕は今度はこの自分のリーダーに向かって、

「つまり、彼を殺したら私も死ぬ、と言っているんですよ、彼女は」

とまたしても言わなくていいことを言う。ミニマムはこれにも特に反応せず、綺に、

「それで満足なのか？」

と訊《き》いてきた。

「え？」

「谷口正樹を殺されて、自分が死んで——それでいいのか、おまえは」

「——」

「大切な人を殺した相手に報復したいとは考えないのか。やられっぱなしか。しょせんそんなものなのか、おまえの想《おも》いは」

ひたひたと迫ってくる。

「…………」

綺は奥歯を嚙《か》みしめながら、相手を睨み返す。そんな彼女に、ミニマムは、

「大切な人は自分の力で守ってみせろ。おまえは今、それができる立場にいる。自分の価値を最大に活《い》かす道を考えろ」

「……立派なことを言っているつもり？　強盗が居直っているようにしか聞こえないわ」

そう言い返してはみたものの、綺は自分でもただ意地を張っているだけだということを自覚していた。

（この子供——なんか）

綺はどうして自分が、最初からこの子に対して同情的になれなかったのか、わかった気がしていた。

（なんか——私に似てる……）

綺は力がなく、故《ゆえ》にひたすらに卑屈になってしまっているが、しかしもし自分に力があったら、きっとこの子のようにそれを行使することにためらいを持たないのではないか、そんな風に感じるのだった。

ように。


（でも、ということは――）

　このミニマムの考えを変えることはできない。ひたすらに頑固で、自分が納得したこと以外はいっさい受け入れない。綺が、正樹や凪といった信頼する人間以外の者には必ず距離を置くように。


（この子を相手に、どうやったら正樹を守れるんだろう……）

　綺は背筋がぞくっ、と寒くなってきた。自分に秘密など何もないことはよくわかっている。すなわちこの状況を脱するためには、綺は、

（嘘《うそ》をつく……その必要があるのか……）

　さも何か秘められているような素振りをしなければならない、そういうことになる。しかもそれを見抜かれたら終わりだ。

　今まで綺は、ずっとムキになって否定し続けていたから、ここで急に態度を変えるわけにもいかない。あくまでも拒否している風に、しかし徐々に秘密がある感じになっていかなければならない……。

（私にそんなことができるのか……でも、やるしかない。状況に合わせて、私の本心とは関係なく、それを信じている風を装わなきゃ――これって）

　こういう話を、綺は前に聞いたことがある、と思った。そう、彼女が心を許している数少ない人間の一人である末真和子が、凪とお喋《しゃべ》りしているとき、その横に綺もいたのだ。彼女たち

はこんなことを話し合っていた……。

「それってオルタナティヴ・エゴだわ、凪」

「なんだっけ、それ」

「もう、霧間誠一《きりませいいち》の本に書いてあるじゃない。『オルタナティヴ・エゴは世界を潰す』よ。ほら、本棚のそこに入っているわ」

「ウチの本棚を整理したのは末真自身だろ。おまえの方が詳しいじゃねーか」

「とにかくオルタナティヴ・エゴよ。我を張るくせに、そこには自分がなんにもないのよ。そういう例よ、それって」

「それってあれだろ、もう一人の自分とかそういう意味だろ」

「それはアルターエゴよ。心理学でいう自己の分身って方。ここでのオルタナティヴっていうのは、代案とかもうひとつの選択肢とか傍流とか、そういった方の意味。要は〝なんか別なもの〟というような感じ」

「もう一つの自分、ってなんだよ」

「自分ではないのに、自分になってしまっているものよ。そういうものが人間の心の中にあるってこと」

「相変わらず親父《おやじ》の本には訳わかんねーことが書いてあるんだな」

「誰にでもエゴはあるわ。わがままとか、自分勝手とか、エゴってのはあんまりいいものじゃないって扱いになっているけど、でもそれがなくなったら人間には意志というものもなくなってしまう」

「まあ、俺なんかはエゴの塊だからな」

「でも凪のエゴは決して利己的なものではなくて、理不尽と戦うための武器になっている。誰でもない自分という誇りがある。そういうのが正しいエゴだとすれば、オルタナティヴ・エゴは、誰でもいい自分、とでもいうべきもの。それは縄張り意識だけがとても強くて、内面の充実をほとんど考慮しない——そして何よりも、嘘《うそ》つき」

「ああ、親父《おやじ》が嫌いそうな話だな」

「気にするのは如何《いか》に責任を逃れるか、破綻を避けるかということだけで、自分が何かを生み出したいとか、達成したいという夢がない。そういう形でのエゴ——意志なき傲慢。無思考の厚顔無恥。それがオルタナティヴ・エゴ。目的が、単なる言い訳になっている……卑怯者《ひきょうもの》の自己正当化よ」

……あのときの話が、妙な生々しさと共に綺の脳裏で反響していた。

(私はもしかして、今——オルタナティヴ・エゴに心を支配されつつあるのかも知れない……正樹を口実に、統和機構に取り入ろうとしているんじゃないだろうか……自分の保身のため

に）

　綺が心の中で葛藤しているのを察しているのかどうか、ミニマムがさらに、

「カミール――おまえは甘い」

　と挑発的に迫ってくる。綺が応えるよりも先に、この小さな女の子の姿をした統和機構の重要人物は席から立ち上がって、

「ついて来い。おまえに見せてやる」

　と言って、歩き出した。綺は飛燕玲次を見る。彼もうなずいて、

「言う通りにした方がいいと思うがね」

　と促した。綺はやむなく、ミニマムの後をついていって、店から外に出た。

　ミニマムと飛燕に挟まれるようにして、綺はすっかり暗くなってしまった道を歩いて行く。

「何を見せるっていうの？」

　綺が質問しても、ミニマムは無言でどんどん歩いていく。子供の体格なので追いつけないということもないのだが、それでも速い。

（なんなの、いったい――）

　と綺が顔をしかめていると、後ろから飛燕がひそひそ声で、

「カミール、構えていた方がいいよ」

　と言ってきた。なんのことだ、と綺が思ったところで、それはいきなり来た。

——がん、

と衝撃が身体《からだ》を揺さぶり、次に音が来た。鼓膜がびりびりと震えて、すさまじい轟音《ごうおん》で全身を包まれたような感覚に襲われる。

(あ——)

と身体が揺れる。凄《すさ》まじいダメージのはずなのに……傷一つついていない。

そして気がついたときには、飛燕に抱きかかえられている。どうやら後ろに倒れそうになっていたところを背後から受けとめられたらしい。

「これは〈カウンターズ〉の攻撃だよ。君がミニマムの手に落ちるよりは、と処分しようとしたらしい——」

飛燕が囁《ささや》いてくるが、がんがんと耳鳴りがしている綺にはほとんど聞き取れない。

(な、なに——撃たれたの？　でも、それを……あの子が弾《はじ》いて……)

混乱している綺に、ミニマムが振り向いて、

「これが〝現実〟だ。カミール——おまえはもう、我々と共に行動しない限り、生存することさえできないのだ」

と言うやいなや、その姿はいきなり空に舞い上がった。

どういうパワーを使っているのか……周囲につむじ風が渦巻く中、中心にいるミニマムの身体が浮上していく。

「………」

綺が呆然《ぼうぜん》としている前で、ミニマムは空を飛んでいってしまう。

攻撃してきた〝敵〟の方へと向かっていく――。

3.

（やはりカミールをかばったか……しかし攻撃する前に阻止されなかったということは、ミニマムの能力はそこまで敏感ではないとみた。分析型ではなく、戦闘型のウエイトが大きいタイプだな）

ずっと監視を続けていた合成人間スタッグビートルは、一撃を加えた後ですぐに移動していた。

しかし、ふたたび身を潜める前に、ミニマムが彼の方へと飛行してくるのを見て、逃げ切るのは不可能と判断して、身を翻《ひるがえ》す。

（やる気か――なら、受けて立つ！）

スタッグビートルは隠密行動に特化した合成人間である。その任務の大半は〝暗殺〟――基本的にその攻撃に容赦とか制限とかを加えられることの少ないものばかりだ。今の織畑綺に対しての狙撃も、もし防御されていなかったら彼女の身体《からだ》は木っ端《こっぱ》微塵《みじん》になっているレベルの強さだった。

ミニマムが撃ってこないとみるや、彼は体内波動を収束させて掌《てのひら》から発射する、戦闘用合成人間のスタンダードな攻撃である〈ラッチェ・バム〉を放った。

ミニマムは避けもせず、空中でそれを真っ向から受けた。

弾《はじ》かれるかと思われた一撃は、しかしミニマムの周囲のつむじ風に巻き込まれて、そのまま吸収されてしまった。

（無効化された？　……二発目となると、より対応が適切になるにせよ、完全に相殺されてしまうのは――悔しいがレベル差がありすぎるということ。正面から対峙しては勝ち目がないな）

一度は戦おうと思った判断をあっさり撤回して、スタッグビートルは逃げることを優先する。目眩《めくら》ましのつもりでラッチェ・バムを連射するが、当然効力はない。だがその間に後退に移っている。

ジグザグに移動して、相手に自分が逃げていくコースを予想させないようにする……そしてあるタイミングで、いきなり全然違うところに跳躍し、物陰に飛び込んで隠れた。

「…………」

ミニマムは彼が姿を消したところで、空中で停止して、そして周囲を見回す。スタッグビートルは自分の心臓の鼓動音さえ弱めて、息を潜める。

「…………」

ミニマムは特に執念を見せることなく、それ以上の追撃をやめて、元来たルートを戻っていった。

スタッグビートルは闇の中で眉をひそめる。

（やけにあっさりしているな——攻撃してきた敵を排除することに、最初から熱心ではなかったようだ。……そうか。どうしてカミールが一瞬とはいえ、無防備ともとれる状態になったのかと思ったが……俺を誘ったのではなく、攻撃される立場なのだとカミールに知らしめたかった、ということなのか。それほどあの娘に固執しているのか、ミニマムは……だが何故《なぜ》だ？）

スタッグビートルはミニマムの気配が周辺から完全に消えると同時に身を起こした。

（つまりカミールを今更取り込もうとしているのは、ミニマム本人ということなのか。あんな信憑性《しんぴようせい》に欠ける、全人類に治癒能力をもたらすパワーがあるなどという話を、奴《やつ》は真に受けているとでもいうのか？　仮にも〈アンチタイプ〉のリーダーともあろう者が、そんな愚かな判断を、どうして……？）

腑《ふ》に落ちない、という表情で、スタッグビートルがふたたび連中の監視のために、こっそりと戻っていこうとしたところで——また彼の前に突然、そいつが現れた。

「やあ、クワガタくん」

そいつは相変わらず、地面から黒い筒が伸びているような、人とも影ともつかない奇妙なシルエットをしている。彼の前に時々現れる、幻覚としか思えない存在。少し疎ましいが、しかし妙に馴染《なじ》んでくる感覚もある。心の中にいるもう一人の自分なのかも知れない。

「どうやら生命《いのち》拾いしたようだね。ここでこのまま逃げるという選択肢はどうだい？」

そいつが間抜けなことを言ってきたので、スタッグビートルはふん、と鼻を鳴らした。

「馬鹿言え——せっかく敵のおかしなところを見つけられそうだというところで」

「敵、敵か。彼らは君の敵かい？」

「我々のサークルの発展の妨げになるものは、たとえ同じ統和機構とはいえ、敵には違いない。向こうだってそう思っている」

「向こうは、君のこと自体はなんとも思っていないだろう。ただ〈カウンターズ〉の一員だから敵視しているに過ぎない」

「同じことだろう」

「そうかな。君は身も心も〈カウンターズ〉と一体化しているつもりなのかい。隙あらばサークルの仲間たちも出し抜こうと思っているんだろう」

「だからなんだ。当然だろう」

「君は組織に依存しているのに、それから逸脱したくてしょうがないみたいだね」

「自主性を常に失っていないだけだ」

「君は組織が好きなのかい、嫌いなのかい」

「そんなに簡単なものじゃないだろう」

「簡単さ。君はそのことから目を逸《そ》らしているんだよ？」

「は？」

「君は、自分というものがなんなのか、という命題から逃げている。そのことについて考えないようにしているんだよ。だから今のように、織機綺を考えなしに狙撃したりするんだよ」

「きちんと考えての行動だぞ」

「いや、反射的だよ。できるかも、と思った瞬間についやってしまったんだ。そもそも君は彼女を監視することしか組織には期待されていないのに、そこで無意味に攻撃的になってしまうのは、君が組織に盲従することに心の奥底で反感を抱いているからだ」

「カミールを殺すのは〈カウンターズ〉のためになることだぞ」

「それは君がそう言っているだけで、単なる言い訳じゃないのかい」

「…………」

「そうやって考えているふりをしているのも、組織の他の者たちにも同じように疑われたら面倒だな、ということだけで、別に良心が痛むとか、そういうことじゃないんだろう？」

「……それはそうだよ」

「素直だね」

「おまえが俺の心の中の分身だったら、虚勢を張っても無駄だからな」

「さて、ぼくは君の妄想なのかな」

「そうでなかったら、こんな風なタイミングで現れたりしないだろう。敵だったら、とっくに俺は殺されているはずだし」

「ぼくは自動的だからね。そういう判断は一切しないのさ」

「きっとおまえは、俺を冷静にするために存在しているんだ。俺が失敗したり、挫折しそうになったときに、奮い立たせるために現れるんだろう」

「さて、どうだろうね。ぼくに言えることは、君はぼくにとても近い位置にいる、ということだね。だからぼくが君のそばに現れるのさ」

「おまえに近いって――」

「君もまた自動的なんだよ。君はいずれ、その自分に仕掛けられた運命に直面することになるのさ」

「まるで脅しをかけられているみたいだな」

「いや、事前説明さ。君がそうなるのはもう決められている。君は望むと望まざるとに関係なく、いずれ直面することになる――世界の敵に」

「…………」

「そのとき、全世界の運命が君の肩にかかることになる。君はそのとき、何を選択することになるんだろうね。そうなっても君は、まだ組織がどうのこうのといったことを気にしていられるのかな？」

「……回りくどすぎて、全然ぴんとこない話になっているぞ」

「それを実感できる人間はいないよ。世界を受けとめきれる人間とはすなわち、その時点で世界の敵にもなってしまうのだから」

「訳がわからん……」

スタッグビートルは思わず空を振り仰いで、嘆息した。

そして顔を戻したとき、もうそこには謎めいた黒帽子の姿はなかった。やはりいつものように、影も形もなくなっていた。やはり幻を見ていたとしか思えない消えっぷりだった。

（……まあいい。あれについて余計なことは考えても無駄だ。俺は自分のベストを尽くすだけだ——）

スタッグビートルは慎重に、もう一度綺たちを陰から監視するために動き出した。

（……うう）

4.

正樹は困惑の極みにあった。

「え？　マサキくんは国際企業家のご子息なのか？　だったら是非ともお父様やお母様に投資を勧めてくれよ」

窪下庸介は正樹の出自を聞くやいなや、態度が豹変《ひょうへん》していた。

「……いや、ですから、お金なんかじゃどうにもならないって言っているでしょう」

「いやマサキくん、君はまだ若いから現実を知らないんだよ」

とにかく庸介は正樹の話をまったく聞かない。そもそも彼から教えてもらうことなど何もないとしか考えていないようだ。

彼は部屋の隅に置かれた椅子に固定されている。手が背もたれの後ろに回されているので、手錠を掛けられているようだった。その状況にもっと怯《ひる》んでいてもよさそうなものなのに、とにかく少しでも他人に弱みを見せたら駄目だと思い込んでいるようだった。

「現実を見ていないのはあなたですよ。僕の人生経験なんか関係ないんです。いいですか、あなたは今、絶体絶命なんですよ。なんとか〈アンチタイプ〉の人たちを説得しないと生命《いのち》が危ないんです」

「いや、そういう風に人を焦らせる手口は正直古いんだよマサキくん。それにそれが通用するのはリテラシーの低い連中だけだ。私には意味がないよ。君よりもずっと私の方が連中のことを知っているんだからね。君は彼らがどうやってありもしないところから債券をでっち上げているかわかっていないだろう？　恐ろしいやり方なんだ。それは債務不履行を前提とするもので——」

なにやら専門用語を並べ立てて説明してくるが、全部どうでもいいことばかりだった。

「とにかく、彼らは恐ろしい奴《やつ》らだということはあなたにもわかっているんでしょう？　だったら——」

「だからこそ私に任せてくれないか。君では残念ながら、まだまだ未熟だと思うよ」

「僕とあなたとの間での主導権なんかどちらが持っていても意味がないんですよ。物事を決めるのはあのマグノリアたちであって、僕もあなたも、なんら決定権は持っていないんです」

「だから彼らにプレゼンするためには資金が必要だって言っているだろう！　わからない子供だな！」

庸介はまた怒鳴り始めた。

「いいか、奴らだって金がほしいに決まっているんだよ。それ以外に何があるっていうんだ！」

「いいですか、連中は世界を裏から操っているようなものなんですよ。金なんかいくらでも自由にできるんです」

「それが戯言《たわごと》だというんだよ。国家だって自国通貨をいくらでも刷れるが、そんなことをしたらインフレが際限なく発生して手がつけられなくなる。為替レートが暴落して価値がどんどんなくなってしまうんだ。金を自由にできる奴《やつ》など現実的には存在しないんだよ」

「だからそういう話じゃなくて、金を自由にするとかしないとかいう次元じゃなくて」

「おまえが自由にできるとか言い出したんだろうが！　頭の悪い奴はこれだから困る。自分に都合が悪くなると、平気で前言を撤回して開き直るんだ！」

どんどん話がそれていく。正樹はいったい、何を言い争っているのかよくわからなくなってきた。話を戻さなければならない。

「ええと、窪下さん――あなたは金儲《かねもう》けがしたいんですか？」

「金儲けの何が悪いというんだ？」

「いや、良い悪いということではなくて」

「これだから子供は困るんだよ。金儲けというとすぐに悪いことだと思う。いいか、この世のあらゆることはすべて金儲けが前提であって、それ以外のことなんか全部余剰の贅沢《ぜいたく》なんだよ。幸せは金では買えないとかいうのは、ただの負け惜しみにすぎないんだよ」

庸介は次から次へと言葉をどんどん並べ立ててくる。確かに頭はいいのだろう。知識も豊富で、論理的な思考にも長《た》けているのだろう。しかし――何かが欠けている、と正樹は感じていた。

（この人には何が欠けているんだろう？）

それがわからない限り、正樹は先に進めないと思った。

「金儲けがあなたの信念だというなら、別にそれを悪いとは言いませんが」

「なにが信念だ。私は基本的な前提の話をしているんだ。みんなそうだろうが。誰か例外がいるか？　おまえだって親の稼いだ金で生きているんだぞ。それともバイトで自活しているとか言い訳するか？」

絡んでくるが、これにつきあっているといつまでもラチがあかないので、無視して、

「では――あなたの信念は何ですか？」

と唐突に訊《き》いてみた。む、と窪下が眉をひそめたところで、正樹はさらに、

「もしもあなたが僕を説得して、親から金を引き出したいと思っているならば、是非ともその根拠となるあなたの実力の、その根にある信念を教えていただきたいものですね。そう、あなたの言葉でいうのなら、プレゼンしてくださいよ」

と言った。窪下は戸惑ったような顔を初めて見せて、唇を歪《ゆが》めさせる。

「……信念だと？」

「あるでしょう？　どんな会社にだって、企業理念がどうたらといったお題目が必ずホームページに書かれていたりするものじゃないですか。ああいうヤツですよ。僕がそれを聞いて、なるほど、と納得するような信念があるんでしょう、あなたにも」

「うむむ……」

どういう訳か、あれほど饒舌《じょうぜつ》だった窪下が急に口ごもってしまった。

「いや……だから私は、あくまでも現実的に」

「でもあなたが統和機構がらみのことに首を突っ込もうと思ったときには、かなり危険そうだということも勘づいていたでしょう？　そのリスクを現実的に考慮すれば、近寄らないのが無難だったはずです」

「う……」

「あなたは信念を貫いて、危険を顧みずに統和機構に手出しをして、そして今は捕らえられてしまっている——違いますか？」

「いや、だから——」

「金儲《かねもう》けが重要というのは個人の信念ではなく、一般的な前提だというのならば、あなたにも金を儲けた上で達成したい目標があるはずですね？　それを教えてもらわないと、僕としても協力しようがない」

「それは……」

顔を引きつらせている庸介を見て、正樹はなんか変な感じだな、と思った。別にそれほど追い詰めているようなことは言っていないのに、相手の様子がおかしい。

「わ、私は——私には信念などない」

たとたどしい口調で、庸介はやっとそう言った。

「私は、あくまで最大の利益を求めるトレーダーであって、状況を読むことがすべてであって、

そこには信念など必要ない」

「いや、それはおかしい。リスクを承知でやっているのに、信念もなしにその不安に耐えられるとは思わない」

「ふ、不安など——」

「不安がないのなら、逆に感受性が鈍いことになり、それはそれで問題でしょう」

「そ、それは——」

「僕はトレーダーというのがどういうものか具体的によくわからないが、金儲《かねもう》けにも、たとえば家族を養うためとか、そういう理由があるはずでしょう？　あなたの場合はどういうものなんですか」

正樹としては、刑事ドラマでいうところの〝泣き落とし〟みたいなことを狙っているのである。相手の弱みというか、共感しあえるところを見つけて、そこから話を進めたいと思っていたのだ。だが——そこで計算外のことが起きた。

「——黙れっ！」

突然に庸介は激高して叫んで、そして……立ち上がった。

椅子に縛り付けられていて、動けないはずだったのに、そう見えていたのに……その拘束があっさりと解けていた。そして後ろに回されていたはずの手には、そこには黒光りする凶器が握られていた。

拳銃だった。

「え——」

正樹は思わず身を引きかけた。すると庸介はいきなり発砲した。

銃弾は正樹の肩の近くを通過して、扉にめり込んだ。

「黙って聞いていればつまらないことをごちゃごちゃぬかしやがって！　なにが信念だ！　なにが理由だ！　いちいち時代遅れなんだよ、おまえは！　なんで俺がおまえごときに偉そうに説教されなきゃならないんだ！」

庸介は銃口を正樹に向けながら、唾を飛ばして叫び続ける。生殺与奪の権利を有する絶対的優位を手にして、遠慮なく一方的に強者として振る舞っていた。

「………………」

しかし正樹が、この瞬間に考えていたのはこの挙動不審な男のことではなく——扉の向こう側にいるはずのマグノリアの二人のことだった。

（この男——縛られているように見えたのは偽装だったのか。ということはつまり、僕を油断させるのが目的と考えるしかない。試験というのは嘘《うそ》だったのか？　だがそれにしては回りくどすぎる……）

不自然なことが多すぎる。そもそも彼と綺が巻き込まれた状況そのものがなにか不合理だった。

（おそらく、この男の態度の異様さからして、完全に演技というのはあり得ない……きっとこいつもまた、僕と同じように〝試験〟を受けさせられていたんだろう。互いに相手を説得して、味方に引き入れるように命じられていたという訳か）

今、銃声が響いたというのに——マグノリアたちはこの場に来ない。正樹を助けるつもりがない。

（つまり——連中は最初から僕を始末するためにここに連れてきたんだ。しかし何故《なぜ》自分たちでやらない？　こんな情緒不安定な男をわざわざ利用する意味は？　自分の手を汚したくないとか気にするタイプにも見えなかったが——）

何かが不可解だった。どこか歪《ゆが》んでいる。マグノリアたちは、何に対して偽装しているのだろう？　正樹には騙《だま》すほどの価値はない。では誰に対して嘘《うそ》をついているのか？

（これはいったい——？）

正樹がそんなことを考えていると、表情に出たらしく、自分に注意が向けられていないことを察した庸介が怒り出した。

「おまえ——何ぼーっとしてるんだ！　俺の顔を見ろ！」

「…………」

「おまえは危険だ！　人の話を聞こうとしない！　エゴに凝り固まったエゴイストだ！　味方になどなるはずがない！」

「エゴ……？」

正樹は眉をひそめた。何を言われているのか本当にわからなかった。今までの会話で、正樹がこの男に自分のエゴをぶつけたようなことを言っただろうか？　むしろ相手の方が自分勝手なことを言っていたような――と思いかけて、しかし気づく。

（いや――そういえば、僕はこいつが何をしたいのか、何を目指しているのかといったことは、全然聞いていないぞ……エゴを押しつけられたんじゃなくて、ただ上に立とうとされただけだ。そんなこいつからしたら、僕はエゴ剝《む》き出《だ》しの態度に見えたのか？）

正樹だけが自分の意思を伝えようとして、相手は何一つとして気持ちを表していなかったのではないか。

（こいつに欠けている、と僕が感じていたのは……）

正樹は考えながらも、庸介の拳銃に警戒している。彼は義姉の霧間凪には及ばないまでも、それなりに厳しい状況を何度もくぐり抜けてきた経験がある。拳銃そのものには決して怯《ひる》むことはないが、その危険性は充分に知っている。この場合は至近距離なので、素人《しろうと》でも標的に命中してしまう間合いであり、とにかく発砲させないことが最優先だった。

「おまえみたいなわがままなガキは、死んだ方が世の中のためなんだ！」

庸介はひたすらに興奮している。正樹はなんとかしなければ、と、

「わかりました、窪下さん――僕の負けです。金を出しましょう」

と言った。それを聞いて庸介の頬がびくっ、と引きつった。だが……すぐにそれが大きな歪《ゆが》みに変わった。

「ふざけるな！　いい加減なことを言えばなんとかなるとでも思っているのか！　俺を舐《な》めるんじゃねえ！」

言うなり発砲した。正樹の危惧は的中し、その弾丸は正樹に命中した。肩と首の付け根あたりに凄《すさ》まじい衝撃を受けて、正樹は吹っ飛ばされて倒れ込んだ。

「うっ——！」

頸椎《けいつい》から頭蓋へと振動が伝達して、意識が薄れていく。

（ま、まずい……）

しかしそれは気力では抵抗できないダメージだった。正樹は全身から力が抜けていくのをどうすることもできない。

「思い知ったか！　これが正しい裁きだ！　おまえのような傲慢なガキは——」

怒鳴りながら近寄ってきて、より至近距離で拳銃を向けてくるのが、かすむ視界越しに見えた。逃げるか、反撃せねば——だが身体《からだ》がどんどん痺《しび》れてきて、感覚がなくなっていく。

（ううっ……）

出血による寒気ばかりがやたらと濃厚になっていく。その冷気の中に引きずり込まれていく。

銃口が自分の顔に向けられているのがおぼろにわかり、引き金に掛けられた指先に力が込められていくのがスローモーションで見える……正樹は瞼《まぶた》を閉じることもできずに、それを眺めていた。

だから——次に起こったことも、すべてが眼《め》に入っていた。

——ぴしっ、

という音がかすかに聞こえたかと思うと、それは天井を突き破って、落下してきた。

破壊というよりも、粉砕——建物構造材が破片ではなく、粉末になって飛散していく中に、見覚えのある姿が現れた。

それは先ほど、彼のことをさんざん脅しつけてきた女——七星那魅だった。

コードネームは〈レディバード〉——。

にいっ——と彼女がその美しい顔に恐ろしい笑みを浮かべているのを、庸介は見ることができなかった。彼女は彼の背後に降り立ったのとほぼ同時に、彼の右肩から左胸に掛けて切り裂いていた。武器は持っているように見えなかったから、おそらくは素手で。

あまりの速さからか、それとも切断そのものが特殊なものだからか、血しぶきもなにもなく、庸介の身体がただ、ぱっくりと割れた。あらゆる筋肉から力が失せて、手にしていた拳銃は床の上に落ちた。

という声が庸介の口から漏れたが、それは驚きを表しているのではなく、ただ肺が徹底的に破壊されたことで空気が押し出されただけに過ぎなかった。

「え――」

彼の身体《からだ》が崩れ落ちていくのと並行して、七星那魅が素早く移動している。正樹の方に来て、彼のことを片手で抱え上げた。

それと同時に、それまで微動だにしていなかったドアが、いきなり開いた。

「きさま――レディバード！」

ムーラン・マグノリアが怒鳴ったときには、もう手遅れだったのだろう。七星那魅はひらひら、と手を小さく振ってみせて、

「じゃあね――」

と言いながら、今度は跳躍していた。

入ってきた穴から、外に飛び出していた。

彼女が通り抜けた直後に、今度は天井全体が崩落してきた。

「くそっ！」

ムーランとリリィには、レディバードほどの機動力はないらしく、彼女が消えていった空を悔しそうに見上げていたが、すぐに後を追うべく建物から駆け出していった。

＊

（…………）

窪下庸介は死につつあった。

彼がマグノリアたちによって拉致されてから三日、なんとか助かる道はないかとずっと考え続けてきた。しかしその努力はすべて無駄だった。

死に際にはそれまでの人生の様子が走馬燈《そうまとう》のようによみがえるというが、彼の場合は何も浮かんでこなかった。

（…………）

ただぽっかりと、呆然《ぼうぜん》とした感覚があるだけで、何の感情もなかった。怒りとか悲しみというのは結局のところ、生命力のあがきのようなものであり、もはや死ぬことが避けられず、なんの足掻《あが》きようもない庸介のようなものには、なにひとつ湧いてくるものなどないのかも知れなかった。

静かな穏やかさが彼を包んでいた。今までずっとつきまとってきた焦燥感が綺麗《きれい》に失《う》せていた。いったい何をそんなに焦っていたのか、どうしてあんなにも損をしてはならないという強迫観念にとらわれていたのか、まったく思い出せなかった。何もかもがぼやぼやと曖昧《あいまい》になって拡散していく。

（…………）

ただ──なにかが聞こえてくる。

もう聴覚など働いているとも思えないのに、その音だけが妙に身近に聞こえてくる。

それは口笛だった。

精妙な響きで、周囲に染み込んでいくような不思議な広がりがあるその音楽は、庸介は知らない曲だったが、およそ口笛には不向きであるワーグナーの〈ニュルンベルクのマイスタージンガー〉第一幕への前奏曲だった。

（…………）

彼のぼやけた視界の中に、何かが映り込んだ。

それは人というよりも、黒い筒が地面から伸びたようなシルエットだった。黒帽子を被《かぶ》った影だった。

「やあ、何を感じている？」

そいつは妙に馴《な》れ馴《な》れしい口調で訊《き》いてきた。それが当然のように庸介も感じた。昔の彼だったら腹が立っていたはずだが、今の彼には黒帽子はとても近しい存在のように感じられた。

（ああ……そうか）

庸介には納得するものがあった。黒帽子がなんなのか、彼は理解できたと思った。

（おまえは——死神か。俺を連れに来たんだな）

「さて、解釈はご自由に」

黒帽子はちょい、と眉を片方だけ上げる、左右非対称の奇妙な表情をみせた。

「ところで——君はどうして自分が死んだと思っている？」

（死神がそんなことを訊《き》くのか？　どうせみんな死ぬんだろ。それで俺も死ぬんだろう……それだけのことだろう）

「さて、それだけかな？　君は自分がなにかに陥っていたとは思わないか？」

（今さら後悔などしても無駄だろう。どうでもいいさ）

「そうだな。君だけのことならば、それで充分なんだがね。君は世界のことを考えたことがあるかい？」

（……？　何の話だ？　世界？）

「そう、世界——君が生きていた世界、これから去ろうとしている世界だよ。そこは君にとってどんなところだった？　居心地は良かったかい、悪かったかい」

（別に——どっちでもなかった。良いとも悪いとも、どちらとも言い切れない）

「実はね、君は世界の限界ぎりぎりの、その際に位置しているんだよ。君のあり方が、世界の危機そのものと直結している——君は今、世界をその手でかろうじて支えているんだ。だからぼくは、君からそれを受け継がなければならない」

黒帽子の異様すぎる言葉に、庸介は思わず心の中で笑っていた。

（……ふふふ、なにを馬鹿馬鹿しいことを……俺が？）

「そうだ、君だ。どうやって世界を支えているのか、その秘密を教えてくれ」

黒帽子は大真面目に訊《き》いてくる。

（そんなことがあるものか……俺なんかが世界を支えているわけがないだろう）

「君がどう感じているか、それが今、何よりも重大なことなんだよ」

黒帽子はしつこく言ってくる。庸介は仕方なく、

（だから、何も感じていないよ……どうでもいいだけだ……世界が滅びるなら、勝手に滅びてくれって感じだ）

と応えた。すると黒帽子は、

「もう、なんのわだかまりもない？　何も引っかかってはいないのかい」

としつこく訊いてきた。そこまで言われて、庸介はなんとなくだが、少しだけ思い当たることがあった。

（ああ……そうか、そういえば、そうだな……引っかかっていることがあるな）

「それはなんだい？」

（マサキだ。あいつだ。あいつは……なんか、ひどく不快だった……）

「彼を殺しておきたかったかい？」

（そうだな……それが唯一の、心残りかもな……でも、あいつって死ぬのかな）

「まるで彼が人間ではないような言い方だね。君とは違う属性を持つ存在のように思わないと、その疑問は出てこないよ」

（そうだな……何でそんな風に思うんだろう？　俺は死ぬ、みんなも死ぬ、なのに……どうしてマサキは、あいつは死なないかも、って……そう思うんだろう、俺は……）

「君は彼とは、ほとんど面識らしい面識はなかったよね。ごくわずかな時間に、話をちょっとしただけだ。それでもそう感じるのかい。彼は君や、君と同じような人間が持っていないものを持っていて……それは死なない、と思ったのかな」

（……ああ、かも知れない……だがそれももう、どうでもいい……）

庸介の意識がどんどん薄れていく。ぼんやりとしか見えていなかった黒帽子の姿も、みるみるかすんでいく。そのすべてが茫洋《ぼうよう》とした中で、黒帽子が彼に言う。

「ありがとう。これで〝敵〟がはっきりしたよ。今回の問題の、背後に潜んでいるものが」

（そうかい……そいつは良かったな……なあ、ひとつ訊いていいか？）

「なんだい」

（死神も死ぬのか？）

この問いかけに、黒帽子は相変わらず左右非対称の曖昧《あいまい》な表情で、

「君と同じでないものなど、この世には存在しないのさ。君がどう感じているかが世界のすべ

てだ」

　と言った。

……窪下庸介の死体は、破壊された建物の中で放置されて、微動だにしていない。

彼が発見されるのは翌朝のことになるが、そのときにはもう事態はほぼ決着がついているので、特に彼の存在が影響を及ぼすこともない。それはもはや巷《ちまた》にあふれている不審死の事件のひとつとして扱われるだけだ。

だから、このとき彼の傍らに奇妙な影が立っていたことを知る者は誰もいない。

「…………」

黒帽子はしばしの間、その動かない人間の前に立っていたが、やがてきびすを返して、その場から立ち去っていった。

何処《いずこ》かへと向かっていく——夜の闇の中へ。

anti-4

反―成長

（間違った方へ流れていく）

『失敗を取

さらなる失

何も捨てず

―

1.

（うーん……）

織機綺はずっと変な感覚が消えずに、困惑していた。

「わかったでしょう、カミール――もうあなたが助かる道は、私たちに従うことだけだということが」

小さなミニマムが、ホットミルクをすすりながら綺に話しかけてくる。

「〈カウンターズ〉はあなたを危険な存在とみなして、味方に引き入れるよりも、抹殺しようとしている。もはや選択の余地はない」

彼女たちはまた、さっきの店に戻ってきていた。綺としては正樹の行方を知りたくて探しに行きたいのだが、手がかりがなさ過ぎるので、やむなく一緒にいる。

「まあ、それほど深刻に考えなくてもいいよ。君の保護は我々に任せてくれればいいから」

飛燕玲次がにこにこ笑いながら言う。

「………………」

綺は上目遣いに彼らを見つめている。

彼女は考えていた――。

(正樹を助けるためには、私はもう迷っている余裕はない——もしかすると、私の強引な行動のために。正樹に愛想を尽かされるかも知れない——彼に嫌われてしまう可能性は否定できない……でも)

それでも、正樹が無事に帰ってくる方が重要だった。そのためならば綺はどんなことでも受け入れるつもりだった。

(その覚悟はある、あるのだけれど……)

そこで奇妙な困惑が立ちはだかるのだった。

(このミニマムって子……決して好きにはなれそうもないんだけど、でも——)

いくら余裕があるからって、わざと綺を攻撃させて自らが盾となって受け止める、というのはあきらかにやり過ぎだった。綺を脅すためだとしても、サークル指導者にしては身を削り過ぎだった。しかも敵を深追いしなかった。綺の方が大事だという目的を忘れず、自分の強さに溺れている様子もない。

(なんでこんな子が、馬鹿な考えにとりつかれているのかしら……?)

綺がずっと見つめているので、ミニマムの方から、

「何か訊《き》きたいことでもあるの、カミール」

と言ってきた。綺は少し唇を尖《とが》らせながら、

「あのう……私って、以前はあんまりまともな仕事とかしてなかったので、よく知らないんで

すけど……統和機構って、何が最終目的なんですか？」

そう訊いてみた。特に意味のある質問ではない。ただ相手の内心を知りたいだけの問いだった。しかしこれにミニマムは、すーっ、と冷たい表情になり、

「そんなことは我々が考えてもしょうがないことだわ」

と言い放った。綺が、

「でも――」

と言い返そうとしたところで、さらに冷ややかに、

「おまえや私に、その責任が取れるとでも思っているのか？」

と見据えられる。その有無を言わさない調子に綺が眉をひそめると、飛燕が横から口を挟んできた。

「いや、統和機構は人類の守護者だからね。その目的はわざわざ言うまでもないんだよ。我々は人間を守っているんだ。それ以上の何が必要なんだ？」

「いや、だって――人間を守っているとか言うくせに、大勢の人間たちを殺したりしているじゃないですか。あげくに、こんな風に味方同士でも争って」

綺がそう言うと、飛燕は鼻先で、ふふっ、と笑って、

「おやおや、君がそんなに正義感あふれる性格だとは資料になかったな？　今まで大勢の人々を騙《だま》してきたのは君だって同じだろう。ここにはもう正樹くんもいないのだから、猫被《かぶ》ること

はないんだぜ？」

と嫌味っぽく言われるが、そんなことに怯《ひる》んでいる場合ではないので、

「私は悪いヤツです。それは認めます。だから別に責めているわけじゃありません——ただ不自然だなと思っているだけです。いったい統和機構って、何を目指しているんですか？」

「君自身はどうなんだ？　自分の人生の目的は見えているのか？　これはさっき、学校でも訊《き》いたが、あのときははっきり答えてもらえなかったな」

これに綺は まったく躊躇《ためら》うことも迷うこともなく、

「私は正樹に報いるために生きています。彼が人生の目的です」

と即答した。正樹が横にいるときは彼の重荷になってはいけないと思うから口には出せないが、ひとりの今はその葛藤は存在しない。

「はっきり言うね。確かに学校じゃ言えないな、その科白《せりふ》は。しかしそれを言うなら統和機構だってきっと同じようなものだと思うよ。皆、人類の可能性を信じていて、それにすべてを賭けているんだ」

「進化した人たちを抹殺しているのに？」

「そこは見解の相違だ。進化しすぎた者たちは、もはや人間ではないというのが統和機構の判断であり、そこは我々のような制御された合成人間とは一線を画すところだ。あくまでも理性が介在しているかどうかだよ。本能の赴くままに能力を暴走させる輩《やから》は、これは他の絶対多数

の人々の安全のために、この世から消さなければならない」

「あなたはそれを信じているんですか？」

「私が信じているのは、我々がその判断を下さないでどうする、という自負――他のヤツには任せておけないという確固たる意志だよ」

「つまり――場合によっては統和機構にも頼らない、ということですか」

綺の言葉に、今度は飛燕の方が少し眉をひそめた。

「どうしてそう思う？」

「だって――他のヤツには任せておけない、っていうのは、つまり同じ統和機構のメンバーであるはずの〈カウンターズ〉の人たちも含まれるんでしょう？　もしあの人たちが主流派になったら、もうあなたたちは統和機構の意向には従わないことになる。違いますか？」

彼女は正面から飛燕を見据えてそう言った。相手が怒り出すことを期待していたが――冷静さを奪って本音を引き出したいのだ――だがやはり飛燕はそんな安い挑発には乗ってくれずに、

「そうだな。そのときは実力行使も辞さないだろうね。統和機構を我々の支配下に置くことも考慮しなければならないだろう」

とあっさり過激なことを言った。地位や立場には固執していないようだった。かつて彼女の上司だったスプーキーEとは違う。あの男はとにかく階級の序列にうるさく、彼女のことをあくまでも自分よりも下の身分だとうるさく言い続けていたものだった。

(……でも、なんだろう――)

やはり何かがおかしい。言葉には矛盾がないのだが、どうにもすっきりしない。肝心のことを全然言っていない――そんな気がしてならない。そう……

(こういうのって、全部――こいつのオルタナティヴ・エゴの屁理屈《へりくつ》みたいな気がする。自分の本音じゃなくて、建前だけをごり押しされているような――でも、それを言ったら、もしかして)

統和機構という巨大なシステムそのものが、そうなのかも知れない。主体的な目的意識なき圧力の、無責任な抑圧だけが世界を覆っているのだとしたら……。

(だとしたら、私は……言ってもしょうがない相手に無駄な意地を張っているだけなのかも……)

綺が少し黙り込んでしまうと、それまで二人の対話を見守っていたミニマムが、

「カミール――もしも谷口正樹が、おまえのことを必要じゃないと言い出したら、どうする？」

と急に訊《き》いてきた。

「え？」

「どうする？」

その問いは妙にまっすぐで、この騒動の中で綺がずっと感じている欺瞞《ぎまん》がなかった。少なく

ともそう感じられた。

「ええと……それでも彼の役に立てる方法を考えるわ」

それはおよそあやふやな、なんとも明確さに欠ける返事だったが、これにミニマムはうなずいて、

「そうだ、それしかない――私たちはたとえ、誰からも頼まれていなくても、期待されていなくても、それでも努力しなければならないんだ」

と、やはり真剣な表情で言った。それからやや声量を落として、ひそひそ話のように言う。

「統和機構の意向に必ずしも従わない、というラークスペーアの言葉に偽りはない。我々は場合によってはシステムから逸脱することも厭《いと》わない。たとえば――おまえは自分には何の能力もないといったな」

「え、ええ」

「それがおまえの、合成人間としての特性だ。普通の人間と変わらない――つまりおまえの性質を我々が分析して手中にすることによって、他の合成人間たちも――戦うために造られた彼らもまた、もう一度――人間に戻ることができるようになるかも知れないのだ」

ミニマムは、あくまでも真顔だった。綺は絶句した。思わず飛燕の方を見るが、彼もまた無表情で、ボスがとんでもないことを言い出したというような驚きはそこにはない。

（な、なんですって――どういうこと？　この子、何を言っているの……？）

統和機構という絶対的な存在を支えているのは、世界中のいたるところに潜んでいる、一般人と見分けのつかない合成人間という巨大な戦力を、いつでも誰に対しても秘密裏に行使できるからだ。それを普通の人間に戻してしまったら、もはやそこには何の価値もないことになってしまうだろう……そんなものがあるとしたら、逆に絶対に存在させてはならないと抹殺対象にしかならないはずだ。

それなのに——。

（ま……まさか）

綺はごくり、と唾を飲み込んで、思い切って訊《き》いてみる。

「もしかして、あなた——人間になりたいの？　ふつうの女の子に戻りたいって思っているの？」

統和機構そのものに対する不敵な態度は、その欲望に由来するものなのだろうか？

だがこの問いに、ミニマムは不快そうに眉間に皺《しわ》を寄せて、強い口調で、

「それは、私じゃなくて——」

と言いかけて、そこで彼女はふいに口をつぐんだ。興奮しかけた自分を抑えるように、眼《め》を閉じて、ふーっ、と息を吐いた。

（……うーん）

やっと相手から、多少は感情的な反応を引き出せたのだが、しかし綺の方がもっと戸惑って

しまっているので、このミニマムの態度がどういう意図に基づいているのか、全然わからなかった。

どうしよう、と彼女が思ったときだった。飛燕の携帯端末に着信があった。彼は機器を取り出して、耳元に当てる。

相手が誰なのか綺にはわからなかったが、話を聞いている飛燕の表情には変化がなく、やがて
「……なるほど。それじゃあ任せるよ。そのまま続行してくれ」

と言うと、通話を切った。それからミニマムに、

「マグノリアたちの方は〝想定範囲内〟だそうです」

と報告した。その言葉にミニマムは目を開けて、

「そうか——」

とうなずいた。静かな調子にもう戻っていた。

綺はなんだか嫌な感覚にとらわれて、

「あの——マグノリアってさっきの二人ですよね。正樹を連れていって——彼がどうかしたんですか？」

そう訊いても、当然ながら飛燕は、

「まあまあ、彼のことは彼に任せてあげようよ。少しは信じてあげたらどうだい？」

はぐらかすようなことしか言わない。それは予想通りだったが、綺はますます不安になってきた。

そう——綺は正樹のことを信じている。彼は何かあったときに、必ず他者の予想を越えて、思い切った行動に出る、ということを確信しているのだった。アイスクリームの話をしてたはずなのに、唐突に激辛カレーを食べ始めてしまうような、そういう無茶を平気でやってしまう人間なのだった、綺の彼氏は。

(正樹はきっと——もうこいつらの管理下にはいないんだわ……)

それを直感していた。

2.

(うーん……)

くらくらする頭をなんとか安定させようと四苦八苦している正樹に、七星那魅が、

「あはは、よく気絶しなかったわね？　急な上昇加速で脳から血が絞り出されていたはずだから、根性だけじゃブラックアウトを防げなかったはずだけど——君、衝撃に慣れてるわね？」

と笑いかけてきた。正樹は苦い顔で、

「……まあ、生命《いのち》を助けてもらったことには感謝しますが……」

と言うと、那魅は、あは、とまた笑って、

「でも君、あのままでも事態を打破できていたかもね。倒れた状態で、無理に起き上がったり、逃げだそうと背を向けたりしなかったものね。近寄ってきた相手の足のスネでも下から蹴ってやろうって、狙ってたでしょ？」

んん？　と顔を近づけられる。吐息が鼻にかかる。

ここは街の中心からやや外れたところにあるスーパーマーケットの敷地内にある倉庫だった。位置的にはさっきの場所からさほど遠くないのかも知れない。倉庫を利用している秘密のアジトから同じようなアジトへ、正樹は貴重で興味深い体験をしているのだろうが、もちろんそのことを喜んでいる余裕はない。

「買《か》い被《かぶ》りすぎですよ――そこまでタフじゃない」

「でも今は、君はどっちかというと私に強さを認めてもらった方がいいんじゃないの？　仲間にする価値がありそうだ、って」

「……統和機構の方々とやり合うことを期待されても、無理ですから」

「おう、冷静ねえ――てことは、アレだ。もう状況はわかっている訳だ」

「……………」

「君は〝人質〟――カミールに対して交渉するための切り札。だからこちらもそれほど君に無茶なことはできない。それがわかっている」

「……………」

　正樹は少し沈黙したが、やがて、

「あの……何か飲み物をもらえませんか。喉がカラカラで」

「ああ、急な血液移動で身体《からだ》が浮腫《むく》んだ分、水分が足りなくなったのね――でも気をつけなよ。あんまり飲むと、今度はナトリウムが不足するから――」

　そう言いながら、那魅は立ち上がって、倉庫の隅に積まれている水のボトルを取りに行って、正樹の前から離れた……その直後だった。

　正樹の近くで何かが、ざわっ、と蠢《うごめ》くような気配が生じた。

　振り向こうとしたところで、正樹はいきなり、横から脇腹を打撃された。

「げえっ……！」

　呻《うめ》いて、床の上を転がる。いつのまにか、どこからともなく現れた男が、容赦なく蹴ってきたのだ。

「あーっ、なにすんのよローカスト！　せっかく盗《と》ってきたお宝を」

　那魅が文句を言いながら戻ってきた。男が突然現れたことにはまったく驚いていない。

「おい、レディバード……何を余計なことをしているんだ」

　ローカストは刺々《とげとげ》しい口調で言う。

「どうしてこいつを助けたりしたんだ。〈アンチタイプ〉が始末しようとしていたなら、放っておけば良かったんだ。こいつが死んだら、カミールも情緒不安定になって、扱いが楽になっていたのに」

「そいつは見解の相違よ。それでカミールが完全に向こう側に付いてしまっていたらどうするのよ」

「別に直《じか》にさらってくる必要はなかったんだ。こいつが殺されるところを撮影しておけば、カミールにそれを見せてやるだけですむ。説得する必要さえなく、こっちに来るだろう」

「いや、この正樹が死んでしまったら、カミールは自殺しかねないと私は考えているわ。あれは、それくらいに脆《もろ》い娘よ」

「別に意識を保っていなくてもいいだろう。植物状態でも生体分析は可能なんだから」

「それはどうかしら。肉体の安定には精神状態が重要かも知れないと睨《にら》んでいるから〈アンチタイプ〉の連中もわざわざ味方に引き入れようとしているんでしょう？」

「そいつは推論が過ぎるぞ。だいたい――」

二人の合成人間が言い争っている様子を、正樹は、

（………）

床に這《は》いつくばった姿勢で、じっと見つめている。

彼は身体の苦痛に反して、思考がどんどん研ぎ澄まされていくのを自覚していた。

（このローカストって男……全然見た目が一致しないし、声も口調も違うが……さっき僕らの

前に現れた、柴多寿朗じゃないのか？）

それを見抜いていた。ほんのちょっとの印象ではあるが——正樹を相手にする態度に、初対面ではないようなゆとりが、もっと言うと〝油断〟があるような気がしたのだ。

（死んだように見せたのは偽装だとして、僕への態度がこんなにも変わってしまっているのは、あのときの彼の言葉には、まったく真摯なものがなかったということ——やはりこいつらを信用するのは無理だ。頼ることはできない）

しかし、だからといって——。

（だが〈アンチタイプ〉の方も危うい……おそらくミニマムという強引なリーダーが率いているせいで、サークル内の意思統一が必ずしも図られていない……だからあのマグノリアたちが、僕を〝試験〟にかこつけて抹殺しようとしたんだ……彼らからすると、そもそもこの作戦自体が不本意なもの。綺を味方になんかしたくないんだ、本音では。僕が消えることで、綺も一緒に片付けてしまいたいんだろう）

正樹は、この不安定な状態が何に由来しているのか見極めたように思った。

（足の引っ張り合いなんだ、結局は——ここには互いへの信頼がない。では、どうする。僕はどうすれば綺を助けられるんだろう？）

どちらのサークルにも、彼らの運命を託すことはできない。だがその二つの間に正樹と綺の運命が握られてしまっているのも事実だった。

（これは――前提が圧倒的に不利だ。これをひっくり返さない限り、話が先に進まない）

この理不尽なゲームに正樹は否応《いやおう》なく引きずり込まれてしまっている。しかし彼に使える手札はほとんどない。この限られた中から、事態を打開できる方法があるとしたら――。

（僕はとても危険な立場に追い込まれてしまっている……知ってはいけないことを無駄に知らされて、その秘密を守ろうとする者たちから敵視されかねない状況にある……使えるとしたら、これぐらいしかないか）

心の中で、正樹は覚悟を決めた。

しかしこの覚悟を実践するためには、当然のことながら賭けに出なければならない。それも正樹には分の悪い賭けだ。しかしやるしかない。

「あ、あの……僕が説得しますよ」

おずおずと言う調子で、正樹は言い争う合成人間たちに割り込んだ。

「ん？」

「ぼ、僕が綺を説得します――そうです、もともとそのつもりだったんだから。あんなマグノリアみたいなひどい奴《やつ》らがいる〈アンチタイプ〉じゃなくて〈カウンターズ〉こそ僕らが協力すべき対象だって」

「ほう？　どうやって、だ――あの娘は今、ミニマムの手中にあるんだぞ。おまえをのこのこと送り返せとでもいうのか？」

ローカストが言ってきたが、それを七星那魅が遮って、

「まあまあ——どういうことか聞いてみてもいいんじゃないの？」

と促した。正樹はうなずいて、

「僕の映像をインターネットに流しましょう。きっと綺の眼《め》に触れるはずです」

そう言うと、ローカストは顔をしかめて、

「何を馬鹿な——」

呆《あき》れたように首を左右に振った。七星那魅も苦笑気味に、

「残念だけど、そういうことはできないわね。これは極秘の話だから。情報漏洩《じょうほうろうえい》は基本的に無理よ」

「そうでしょうか？　秘密なのは綺だけでしょう？　僕なんかは無関係の男子高校生に過ぎないですし、別に動画をアップしたところで、よくいる連中の中に紛れてしまうと思うんですが。それともうひとつ、これは〈アンチタイプ〉の連中に亀裂を生じさせられることにもなります」

「ほほう、どうして？」

「マグノリアたちはきっと、僕を始末しろとまでは言われていなかったんだと思うんです。だから僕が奴《やつ》らを糾弾するようなことを言えば、彼らが仲間から責められることになります」

「おいおい、そいつはつまらない逆恨みじゃないのか？　おまえがマグノリアたちに蔑《ないがし》ろにさ

れたからって、奴らの判断ミスを告げ口しようってか？」

「でも、有効な手ではあるわね——いやネットにアップとかは話にならないけど、告げ口の方はいいかも知れない。ミニマムは、きっとそういう独断専行を許さないタイプだろうから」

「具体的にはどうするんだ？」

「そうね——正樹くん、手紙を書いてくれない？　もちろん直筆で、データとかには残さないヤツを。それをなんとかして、向こうに届ければ——そうやって揉《も》めている様子をカミールが見れば、彼女も動揺するでしょうよ」

「おい、ちょっと待て——手紙だと？　どうやって届けるのか、勝手に考えているんじゃないだろうな？」

「あんたの能力がうってつけじゃないの、ローカスト。こそこそ目立たずに忍び込むっていうのは」

「簡単に言うんじゃない。だいたい俺は、既にミニマムとは接触済みなんだぞ。あいつにはもう通用しないかも知れないんだ。あの化け物には極力近づきたくない」

「あら、ビビってんの？」

「なんだと？」

二人の間の空気が、またしても険悪になってきた。それを見ながら正樹は、

（来た——来たぞ。問題はこれからだが——やるしかない）

と奥歯を噛《か》みしめる。その身体《からだ》がひどい寒気に襲われているかのように、がたがたと震え始めていた。

3.

「レディバード――前から感じていたんだが、なんだかおまえ、怪しくないか？」

「どういう意味よ？」

「おまえ――本当に俺たち〈カウンターズ〉に忠誠を捧《ささ》げているのか？」

ローカストは疑いの眼差《まなざ》しを七星那魅に向けてきた。

「もっともらしいことを言って、俺たちを混乱させようとしていないか？」

「それは単に、あんたたちのモノの見方が一面的すぎるから、指摘してやってんでしょうが」

「いいや。そうとは言い切れないところが多すぎる。特に今回はそれが目立つぞ」

「なんのことよ？」

「最初に〈アンチタイプ〉におかしな動きがあるという情報が入ってきたとき、おまえはとりあえず傍観しようみたいなことを言っていたが、実際に奴《やつ》らがカミールに接触したとたんに、谷口正樹に独断で近づいたりして――」

「必要だったでしょ？　カミールがすぐに相談するのは確実だったから、その前に我々のことをアピールするタイミングはあそこしかなかったわ。あんたがもたもた迷っている間に私が段階を進めてあげたんじゃないの。なに？　もしかして責任転嫁してるの？　誤魔化そうとしてる？」

「誤魔化しているのはおまえだ。タイミングが良すぎるだろう。どうしてラークスペーアがカミールと話しているのと、ほとんど同時におまえが谷口正樹の方に行けるんだ。まさかおまえ、前からヤツと打ち合わせ済みだったんじゃないのか？　内通しているとしか思えないだろう」

「疑心暗鬼もいいところだわ。そんなことを言い出したら諜報活動《ちょうほうかつどう》なんてなんにもできないでしょう。あんた、単に自分がミニマムにあっさりとカミールを取られたことの言い訳を考えているだけでしょう」

「あれでミニマムの正体が判明したんじゃないか。むしろ我々にとっては大きな成果だったと——」

言葉の途中で、急にローカストは苛立《いらだ》った声で、

「おい、ガタガタするな！　うるさいぞ！」

と正樹に向かって怒鳴った。さっきからずっと、へたり込んだ姿勢のままの正樹は小刻みに身体を震わせていて、ジーンズのお尻に付いている金属鋲《きんぞくびょう》が床と接触して、かちかちと音を立てているのだった。

「す、すいません——でも」

正樹は身を縮ませたが、鋲《びょう》は左右ともに付いているので、どちらかが必ず当たってしまう。ローカストがさらに怒鳴ろうとしたところで、那魅が、

「冷静さを欠いているようね」

と言ったので、彼はきっ、と相手を睨《にら》み返《かえ》して、

「逆におまえには真剣さが足りないんじゃないのか？」

そう反論した。これに那魅は薄ら笑いを浮かべて、

「一生懸命頑張ってます、とか言いたがるのは無能なヤツだけよ。問題なのは成果だわ。特に私たちのように、世界を守護するためにあらゆる手段を選んでいられない選ばれた者たちは、徹底した成果主義こそが必要なのよ」

「ずいぶんと偉そうに言うんだな。まるでおまえが全世界を背負って立っているみたいな言い草だぞ。うぬぼれが過ぎるんじゃないのか」

「わかっていないわね。私たちが相手にしているのは、別に〈アンチタイプ〉だけではない——真の敵は、世界を創り変えてしまうほどの能力を持つMPLSなのよ。そいつらは皆、たった一人でも世界を破滅させようとしている。だったらそれと対決する私たちにも同様の覚悟がいるのよ。だから、状況を支配する気もない癖に中途半端に我を張って、統和機構を乱しているミニマムの〈アンチタイプ〉を打倒しなければならないのだから。別に連中は私たちの宿敵ではない。ただ邪魔な障害ってだけよ」

この七星那魅の言葉に、ローカストは眉をひそめた。

「なんだその正義ぶった言葉は。誰かの受け売りか？　そんなモノの言い方をするヤツは我が〈カウンターズ〉には……」

とローカストが言いかけたところで、異変が生じた。

彼の目の前で、いきなり七星那魅の額に穴が開いた。

血が、どろっ、とその穴から流れ出す――彼女は話をしていたときの表情のまま、ゆっくりと背後に倒れていく……。

「――?!」

ローカストは那魅が床に激突するまで待たなかった。その前に床に伏せると同時に横に飛びすさってその場から逃れている。

（狙撃――？　だが、窓が割れる音も……）

と弾丸が飛来した方を見ると、確かに穴が開いている……しかしその破壊による空気振動が、ローカストのところまでまったく届かなかった。

（これは……誰の攻撃だ？〈アンチタイプ〉の者だとすると……マグノリアの二人か？）

彼らの能力は詳細不明だ。分析タイプと戦闘タイプの中間のようなものだと推察されるが……

「……………」

ちら、と七星那魅の動かない身体《からだ》を見る。

（レディバードのような肉体強化タイプを一撃で破壊するほどのパワーはないはず……狙撃は特殊徹甲弾によるものだろう。だがどうやってこの位置を――はっ！）

ここで彼は、やっと気づいて視線を谷口正樹の方に向けた。

少年は既に動いていた。立ち上がって、走り出している――倉庫の非常口を目指して、ためらいなく。

「ま、待て――」

と彼が身を起こしかけたところへ、また狙撃が来た。ローカストの右耳が吹っ飛んだ。慌てて身を伏せるが、窓の範囲には頭を出していないから、壁越しに撃ってきたのだ。

（だいたいのこちらの位置をもう把握しているのか――ということは伏せていても無意味だ！）

彼も走り出した。谷口正樹とは逆方向になってしまったが、今はやむを得ない。ここまで来ると、彼も何が起こったのか理解できていた。

（マグノリア――奴《やつ》らは〝振動〟を制御しているのだ。空気振動を消されていたから音も届かなかったし、部屋の中の動きも振動で察知しているんだ――そして、その奴らを呼んだのは……）

谷口正樹だ。

あの忌々《いまいま》しい小僧は、震えているフリをして床に一定の、不審な振動を生じさせることで、マグノリアの注意を引くことに成功したのだ。自分が逃げ出す隙を作るために——。

（なんて小僧だ——自分だって奴らに撃ち殺されるかも知れないのに——くそっ！）

ローカストは倉庫から飛び出して、マグノリアたちを返り討ちにすべく行動を開始した。

（舐《な》めるなよ——このローカストの能力の前には、マグノリアごときなど相手にならないことを思い知らせてくれる……！）


「——はあっ、はあっ、はあっ……！」

息を荒げながら、正樹は全力で疾走していく。

彼が、マグノリアの能力を推測できたのは、綺が昏睡状態《こんすいじょうたい》に陥らされた様子を見ていたからだった。何をしたのかまったくわからなかったことから、きっと彼らは一般人には感じられない振動を操っているのだろうと思い、ならば、それを感知することにも長《た》けているはずだと考えたのだ。

「はあっ、はあっ、はあっ……！」

かなり一か八かの勝負ではあったが、ここまではうまく行った——しかしこれは、彼の賭けとしてはまだまだ序盤に過ぎないのだった。

彼が織機綺を救うために、真に生命《いのち》を賭けなければならないのは、むしろここからなのだから。

*

「さて――それじゃあそろそろ私は、正樹くんを迎えに行ってくるよ」

飛燕玲次はそう言って席を立った。

「え？」

綺が顔を向けると、彼はうなずいて、

「もう彼の試験も終わった頃だろう――君にこれ以上、余計な心配をさせてもしょうがないからね。お茶でも飲みながら待っていてくれ。ではミニマム、ここはよろしくお願いします」

「ああ――片付けてこい」

少女の命令に一礼してから、飛燕玲次は素早く店から外へ出て行った。

anti-5
反—幻想
（真実に繋がる訳ではない）

『人が何かを想うとき、
それが間違っていればいるほど
そのことに対しての執着は拡
より取り返しがつかなくなる』

——霧間誠一〈敗

1.

「カミール——おまえはどうしてそこまで谷口正樹に固執する？」

二人きりになったところで、ミニマムがそう訊《き》いてきた。綺はため息をついて、

「まるで私が馬鹿なことをしているみたいな言い方ね」

と言った。ミニマムはうなずいて、

「そうだ。もはやおまえは統和機構でも重要な地位に就くことになる。あんな一般の少年などの力を借りる必要もなくなるだろう」

諭すような口調で言われる。綺は怒るよりも、むしろ冷静になってきて、

「話が逆よ。私がそんなに偉くなれるのなら、そんなものに何の意味もない。正樹に私の力を貸してあげなきゃならないわ。それができない程度の偉さだったら、むしろ正樹に何の意味もない」

と言い返した。するとミニマムの表情が変わった。その眼《め》にかすかな翳《かげ》りが生じて、唇が一瞬、きゅっ、と固く結ばれた。しかしそれはすぐに開かれて、

「おまえは——谷口正樹に何をしてやりたいと思っているんだ？」

「それはわからないわ」

「わからないのに、力を貸そうというのか？」

「正樹はまだ自分の将来を決めていない。色々とやりたいことはあるみたいだけど、それには何が最適なのか見つけられていない。だから私はその手助けをしたい。そう、そのために統和機構を利用できるというのなら、私はそうするわ」

「個人の願望のために巨大なシステムを使おうというのか？」

「どんなシステムだって、誰かの願いを叶《かな》えるために存在してるはず。誰のためにもならないようなものなら、そんなものなくなった方がいいんだわ」

綺は、霧間凪や末真和子の言いそうなことを口にしていた。借り物の言葉かも知れなかったが、しかし同時にそれは綺の本心でもあった。

「そうよ、あなたの願いも叶えたっていいんだわ、ミニマム」

静かな声でそう言うと、ミニマムの顔から表情が消えた。

頬が強張《こわば》って、眉が凍りついた。眼《め》は綺から視線が逸《そ》れて、しかしどこを見ているのか曖昧《あいまい》になって瞳孔が開いている。

「………………」

「――――――」

綺はそんな彼女をじっと見つめ続ける。彼女には確信があった。

この子と自分は似ている――表面上の態度はまるで違うが、しかしおそらく、根本的なところで自分に自信がないところが同じ。綺は単に無力だが、この子の場合は――その圧倒的な戦闘力でもどうにもならないことが、その人生に立ちはだかっているのだろう。

その壁の前で、無力感に震えている——だから我が身のことを顧みないような無茶な行動もするし、強引だと知りつつも〈アンチタイプ〉のような組織を作って意志を押し通そうとする——そうとしか綺には思えないのだった。

「……おまえは」

やがて、ミニマムがぽつりと呟《つぶや》くように言う。

「おまえは、マキシム・Gに会ったことがあるか？」

そう訊《き》いてきた。綺は首を横に振る。ミニマムは少し息を吐いて、

「彼がどう呼ばれているのか、知っているか——〝ロボット将軍〟というのがその通称だ。その意味がわかるか？」

「————」

「彼は合成人間の中でも、極めて特殊なタイプで……大脳皮質に演算チップが埋め込まれていて、情動が制御されている。感情がないんだ。だからいつでも冷静で、通常の合成人間ではとても不可能な規模の、巨大な能力の制御が可能だ。心がない、だからロボット将軍——そう言われている」

「————」

「私は……その名前が大っ嫌いだ……！」

ミニマムはその小さな身体《からだ》をぶるぶると震わせながら絞り出すように言った。

「そんな名前は、絶対に彼にはふさわしくないんだ……！　私は、私は知ってるんだ。彼が、ほんとうはどんなに、どんなに豊かな心を持っているのかを——」

彼女の眼《め》には、もはや曖昧《あいまい》な焦点の欠落はない。それは燃えるようにぎらついている。

「何もわかっていない統和機構の奴《やつ》らに、そのことを思い知らせてやらねばならないんだ、私は——！　そのために——おまえが要るんだ、カミール……おまえの秘密が」

彼女は身を乗り出してきて、その小さな手で綺の襟首を摑《つか》んできた。

綺は無表情で、その手を払おうともせずにミニマムを見つめ返して、

「信じているんですか、それを」

と訊《き》いた。これにミニマムは押し殺した声で、

「信じるとか信じないとか、そんなことは関係ない。おまえにはその可能性がある。それだけで充分だ」

「それはオルタナティヴ・エゴです」

綺の唐突な言葉に、ミニマムは眉をひそめた。

「オルタ……なんだって？」

「オルタナティヴ・エゴ。あなたのものではないのに、あなたの心にこびりついた傲慢。あなたが納得していないのに、それでも押し通そうとしてしまっている意地。もうそれは誰のもの

でもないエゴ。だからオルタナティヴ・エゴ」

「……何の話をしているんだ？　心理学の講義か？」

「お兄さんを想《おも》うあなたの気持ちは、確かにあなたの意思だわ。でも今の、この行動はもう——その気持ちからはかけ離れてしまっている」

「どういう意味だ？」

「最初から、どこか不自然だったんです。あなたのまっすぐな想いと、この騒々しい状況が全然釣り合っていない——あなたには理由があるから、それで多少力尽くであっても仕方がないって思っているけれど、でもそんなあなたの周囲に集まってくる人々は、そのあなたの想いには何の興味もなくって、ただその強引さになびいているだけ——そしてあなたも、いつのまにかその流れに乗せられてしまっている。だから……」

綺がミニマムに言葉を伝えようとしていた、その途中だった。

……ちりりっ、
と遠くから、なにかがかすかに焦げ付くような音が響いてきた。それを聞いた瞬間、ミニマムの顔がひきつり、
「いけない——」

と彼女が綺の身体《からだ》に抱きついた瞬間、周囲の空気全体が燃え上がった。

爆発した。

その燃焼はなんの区別もなく、ありとあらゆる物を瞬時に発火点以上の高温にまで上昇させて、見境なくすべてを焼き尽くしながら、拡散しつつ舞い上がった。

郊外にあった少し小洒落《こじゃれ》たそのイタリアンレストランは、一瞬で炎上して、巨大な火柱となって消失した。

＊

「な、なんだ……?!」

その様子を見て驚愕《きょうがく》したのは、遠くから店を監視していたスタッグビートルだった。

(こ、攻撃されたのか？　だが誰が？　俺たち〈カウンターズ〉の者は何もしていないはず……いったい?)

彼は戦慄していたが、しかし接近して様子を探ろうとはしない……そう、理解している。この程度の爆発ではあの敵には傷一つ付かないだろう。

「…………」

むしろ、より慎重に身を潜めていると、はたしてすぐに現れた。

炎の中から、小さな少女の姿が……無傷のミニマムが歩み出てきた。

その横では、宙に吊《つ》るされたように、ミニマムの能力による見えない腕で抱えられた織機綺が、ぶらり、と浮いている。一緒に出てくる。

（し、しかし……）

織機綺は、力なくだらりとしていて、動いている様子がない……。

＊

「おい、カミール——カミール！」

ミニマムは呼びかけるが、綺は反応しない。

「ダメージなんか、ほとんどなかったはずだぞ。私がガードしてやったんだからな……なんで気絶しているんだ？　起きろ、カミール！」

揺さぶられても、綺は覚醒しない。ただその口元が呼吸のために、かすかに開いたり閉じたりしているだけだった。

2.

——一方、少し離れた街の片隅では、マグノリアたちとローカストの死闘が展開されていた。

「ふん——しかし、間抜けなヤツだ。わざわざ建物から出てきてくれるとはな——」

「そもそも〈アンチタイプ〉じゃなくて〈カウンターズ〉なんかに所属しようって時点で、既に愚かなのよね、結局——」

ムーランとリリィは二人一組で、それぞれの身体《からだ》から発する生体波動を共鳴させることで、さまざまな効果を発揮できる能力を持っている。そのバリエーションは同種の能力を持つ合成人間の中でも群を抜いて多彩だ。

実は単体だと、彼らは決して強い存在ではない。あくまでもペアでなければならない。統和機構の中でもそれなりに勢力を誇る〈アンチタイプ〉の主要メンバーでいられるのも、二人一組という属性ゆえである。

だから——逆に言うと、このチームであることは何よりも最優先で、それ以外の選択肢は彼らには許されていない。

最初の頃はそれが窮屈であり、何度か対立し、険悪な関係になったこともあったが、今となってはそういう時期も過ぎて、余計なことを考えないようになっている。

そう、考えない――。

それが彼らの処世術のすべてだった。相手に合わせて気を遣うのではなく、最初から何も考えず、どうにかしようとは思わず、ただ目先の感覚だけで反射的に動く。お互い同士にだけでなく、他人に対しても同じように遠慮のない口をきくのは、そういう区別をするのが面倒だからである。別に意思が固いわけでも、我が強いわけでもない。

しかし、容赦はしない。考えていない分、シンプルで迷いがない。先刻の谷口正樹と窪下庸介への非情な対応も上からの命令通りであって、彼ら自身には悪意も敵意もないが、しかし人の生命を奪うことになっても一切躊躇《ちゅうちょ》しないのだ。

「しかし、くそ――いまいち狙いにくいな。停《と》まらないで動き続けていやがる」

「あいつの能力がよくわからないんだけど……なんか無関係の人間を近づけないように誘導できるんだっけ？」

「こうやって狙撃していても反撃してこないんだ。砲撃型ではないことは確実だろう」

彼らは、その複合生体波動を今はレーダーとして使っている。ローカストにロックオンして、彼がどこに隠れようとその位置を探知して、そこに精密狙撃ライフルで対合成人間用の特殊徹甲弾を撃ち込んでいる。何発かはかすっているはずだが、致命傷には至っていない。しかし時間の問題だろう。

「谷口正樹のおかげだな。あいつが迂闊《うかつ》な振動を出していたから、こうして圧倒的に有利な状態で戦闘を開始できたんだから――」

「さっさとローカストを片付けて、あいつを捕らえないと……私たち責任を問われちゃうわ。それは嫌よ」

「わかっている。ええい――ちょこまかと」

「もしかしてヤツの能力で狙いをずらされているとか、ないの？」

「いや、弾道にぶれはない。視界が歪《ゆが》められているとか、微妙に弾《はじ》かれているというのもない」

「でもさ――変じゃない？　何でヤツはまっすぐに逃げないの？」

「逃げたら背中から撃たれることを知っているんだろう」

「ここまで弾丸を避《よ》けられ続ける技量があるのよ？　逃げるのに専念する気なら、できるんじゃないの？　なんでこんなにあきらめが悪いわけ？」

「ムキになっているんだろ。何が言いたいんだ？」

「いや――これってなんか〝時間稼ぎ〟されてる気がして……ヤツの能力が作用するまで」

「馬鹿な、考えすぎだ――ほら！　当たったぞ！」

ムーランが喚声を上げたとき、彼方《かなた》でローカストが大きくバランスを崩してよろけるのが視認できた。

「見たか、リリィ――これが俺の……」

と、相方の方をちら、と見たムーランの顔が、ぎくっ、と強張《こわば》った。

「……お、おい──何をしているんだ？」

と彼が訊《き》いたのは、彼女が拳銃をいつのまにか取り出していて、構えていたからだ。

彼の方に銃口を向けて。

「い、いや──そういうあんたこそ……」

怯《おび》えきった表情でリリィが言ってきたので、ムーランも気づく。

いつのまにか、自分も彼女に銃口を向けている。

「な、なんだこれは……どうして……？」

「え、ええ……なんで……？」

二人とも手がぶるぶると震えているのは、力を必死で込めていないと、今にもトリガーを引いてしまいそうだからだった。

（……ふん、気づいたときには、もう遅いんだよ──）

わざとよろけるフリをして見せたローカストは、続く銃撃がなくなったことで勝利を確信している。

（何が起こっているのか、自覚さえできないだろう？　なまじ貴様らは生体波動のエキスパートなだけに、自分たちに仕掛けられていた攻撃に気づけなかったのだ。何も波動──音波や振

動だけが肉体に影響を及ぼす訳ではないのだよ）

彼の身体《からだ》からは、見えもせず触れもせず聞こえもしないものが、じわじわと染み出しているのだった。

それは〝におい〟だった。

体臭――それがローカストの能力の正体である。それは決して悪臭ではない。そもそも人間ではそのにおいを区別することもできない。だがたとえ認識できなくても、肉体の方はそれを受け入れている。意識することはできなくても、においは常に世界の至る所に充満しており、それが存在しない空間はない。

においは一般に思われているよりも、はるかに遠く遠くまで伝達される。かすんでしまうのは消えているのではなく、他の数多くのにおいの中に混じってしまうためだ。

猟犬などの鋭敏な生物の嗅覚とは、つまるところ脳のリソースのどのくらいの割合を、においの区分に割いているかということであって、受容装置――すなわち鼻そのものの性能は、実は大差ない。進化の過程でその選択が行われただけで、たとえばほぼすべての哺乳類の始祖にあたるネズミは、極めて鋭い嗅覚を誇っており、広い広い戦場跡の中から無味無臭とされる地雷を発見するために飼われていたりするほどだ。いちいち気がつかないだけで、においそのものは常に嗅ぎ続けてしまっているのが生命なのである。

そして、フェロモンなどに代表されるように、においとは心理と密接に関わっている。においによって人心を誘導することもできるのだ。

そう――たとえば破滅的な行動を誘発することさえできるのだった。

（おまえたちは考えもしていないが、意識などというものは環境によっていとも容易《たやす》く変動してしまう脆《もろ》い脆いものに過ぎないのだ。そして俺こそが、それを制御できる無敵の能力を持っている……！）

彼が最初に正樹たちの前に姿を見せたときに全身の皮を膨らませて肥満体の体型になっていたのは、もちろん偽装もあったが、その空間の中に〝人間を近寄らせない〟においの因子を充満させていたためである。肉体のガスボンベとなって、じわじわと放出させ続けていた結果、目的意識を持って交番にやってきた正樹たち以外は、皆なんとなく駅前から離れていってしまったのだ。むろん、人々は自分たちがそうやって操られていたことなど自覚していない。

（無理矢理に気持ちを昂《たか》ぶらせるだけが心理誘導ではない。たとえばマグノリア、おまえたちもそうだ。おまえたちのその危険な行動は、今の今まで俺に向けていた殺意の方向性をほんのちょっとズラしただけ。しかし、それで充分――）

「う、うう――」

「あ、ああ――」

マグノリアの二人は、理不尽な肉体の指令によって動かされていた。

がたがたと震え、脂汗をだらだらと流しながらも、その衝動をこらえることができない。

目の前の存在を殺傷しようという流れを停《と》めることが、どうしてもできない——。

「お、おいやめろ」

「や、やめてよね」

「な、なんでそんなことをする？」

「ど、どうしてなのよいったい？」

「こ、こんなんじゃないはずだろ、だって俺たちは——」

「ち、違うよね？　私たちってもっと、もっとこう——」

譫言《うわごと》のように言葉を絞り出していて、しかし彼らはそこで口ごもった。

自分たちは——なんだろう？

他の者たちとは異なる特別な関係性が、自分たちの間にあったのだろうか？

利害関係以外の絆《きずな》はあったのか。そしてそのことについて深く考えたことがあっただろうか
——いや、ない。

何もない。

物事を深く考えたことのなかったことが、自由を積極的に求めようとせずに、目先の利潤だけを追いかけてきた人生の、その果てにあったのは……衝動のままに、相手を撃たない理由を心のどこにも見つけることができないという結末だった。

「あ……」

二人は同時に、呻《うめ》くように吐息を漏らした。次の瞬間、銃声が周囲に響き渡った。

「さて――それじゃあ逃げ出した谷口正樹の方を追いかけるか。やれやれ、少しばかり時間を取られたな」

ローカストはきびすを返して、来た道を逆走しはじめた。

3.

正樹は街をいくら走っても走っても、一向に他の人間に出会うことができなかった。

これがローカストの仕業であることはもはや明白だったが、それでも彼は走りながら、

「誰かいませんか！　助けてください！　ミニマムという恐ろしい奴《やつ》に襲われているんです！　助けてください！」

と大声を上げ続けている。しかしそれは虚《むな》しく反響するばかりで、どこからも返事は戻ってこない。うるさいと文句を言われることさえない。

それでも彼は叫ぶ。追っ手たちが同士討ちをしている間に、少しでも助かる可能性を求めて必死だった。

「誰か！　ミニマムです！　恐ろしい奴なんです！」

あまりにも言い過ぎて、もはや何を説明しようとしているかさえ定かでなくなってしまっているが、それでも彼はその名前を絶叫し続けながら駆け続けている。

しかし——その足がとうとう停《と》まった。急に全身に疲労感がどっと襲ってきて、道路に倒れ込んでしまった。

「ぐっ……！」

肩の骨をしたたかに路面に打ち付けてしまい、全身がびりびりと痺《しび》れた。力が入らない。それは通常の疲労では考えられない酷《ひど》さで、正樹は理由がわからないながらも、原因の見当はついた。

「な、なにかの、術をかけられて——」

彼がぜいぜいと呻きながら足搔《あが》いていると、すぐにそいつが追いついてきてしまった。

当然、ローカストである。

彼の〝におい〟の伝播《でんぱ》は人間の足などとは比較にならない速さで広がる。正樹はたちまちそれに取り囲まれて、疲労感を増幅させられてしまっていたのだ。

「ほほう、思ったよりも遠くまで来ていたな。しかし無駄足なのは変わりなかったが」

せせら笑いながら、ローカストは立ち上がれない正樹の脇腹に蹴りを入れてきた。

「がっ——！」

正樹は悶《もだ》えて路上を転がるが、その腹を押さえることさえ腕が重い。

「しかし、おまえなんかで人質として使えるものだろうか？　カミールはさておき、ミニマムには通用しそうにないが……」

ローカストは眉をひそめていたが、やがて首を左右に振って、

「そうだな、やはり始末してしまった方がいいだろう。色々と知らなくてもいいことを知りすぎたし、現状から言ってカミールをミニマムから奪うのは困難だろう。となると不安要素は少しでも減らした方がいいし、あるいはこの小僧が死ねばカミールも自殺して、それで〈アンチタイプ〉の連中に敗北感を与えられるかも、な――」

ローカストは正樹から少し離れて、懐から拳銃を取り出した。

「う、うう……」

動けない正樹はそれを見つめながら、奥歯を嚙《か》みしめていた。銃口がその胸に向けられる。

「じゃあな。恨むなら〈アンチタイプ〉の連中を恨むんだな」

言いつつ、ローカストは引き金に力を込めようとして――そのとき背後から、

「いや、恨むなら己のおぞましき能力を呪うがいい」

という声が掛けられた。

振り向こうとしたときには、もう遅かった。首筋に深々と刺さっていた。

注射針が。

「がっ……！」

と呻《うめ》いたときには既に薬液が体内に注入されている。その作用は迅速で、あっというまに身《か》体《ら》の自由が利かなくなる。

そこに立っていたのは——その額に銃弾の跡を残したままのその女は、

「面倒掛けさせたわね、まったく」

と言った。

七星那魅だった。

「れ、レディバード……？」

彼の目の前で、頭を撃ち抜かれて即死したはずの女が生きていて、彼を攻撃してきたという不条理に、ローカストはすべてが理解不能だった。

そんな彼を見て、那魅は面倒そうに、

「撃たれることが前もってわかっていたら、事前に細胞を強化させておくことぐらい、私にはなんということもないのよ」

と説明したが、その意味もまた不明だった。

「じ、事前に、って——」

ローカストは彼女との会話を思い出した。そこで受けた違和感、どこか腑《ふ》に落ちない印象——彼女が言っていたことが、まるで他の誰かの受け売りのような……

（だ、誰かの……その誰か、とは——）

彼がそれを考えようとするよりも先に、那魅の後ろからその男は現れた。

「すべては私の指示だよ、ローカストくん」

静かな声で言ったその男は、合成人間ラークスペーア——飛燕玲次だった。

*

「う、裏切ったのか、レディバード——」

「その言い方は正しくないわ。私は最初からラークスペーア様の配下であり、そもそもおまえたちをそそのかして〈カウンターズ〉などという組織を作らせたのも、この方の命令によるものなのだから」

「な、なんだと——？」

「ラークスペーア様は、おまえたちなどとは比べものにならない崇高な意志をお持ちだ。こんな下らない権力闘争などにうつつを抜かしている時点で〈カウンターズ〉も〈アンチタイプ〉も、どちらも無価値。利用するだけの道具に過ぎない」

彼女が冷ややかに言うと、飛燕もうなずいて、

「統和機構はあまりにも巨大になりすぎて、現実の危機に対応しきれなくなっている——お互

いに争っている場合ではないのに、末端から腐り始めている。それで私は、やむなく強硬手段に出ることにしたのだ。ミニマムの戦力を利用して、彼女を最高権威にまで祭り上げて、私の考えをシステム全体に行き渡らせる――そのために、彼女を誘導しやすくするために、敵対相手が必要だった。それが君たち〈カウンターズ〉だったという訳だ」

「う、うう……？」

「君らは何も知らない――世界の危機というものがどれほどこの世にあふれかえっているのか、それを実感できていない。君はブギーポップという存在さえ認識していないだろう？」

「ぶ、ブギーポップ……？」

「あんな自動的な存在にいつまでも頼ってはいられない。世界の敵に対抗するためには、我々自身が強力に統一されるべきなのだ。私はかつて、それを思い知らされたのだ――」

飛燕は一瞬、遠くを見るような眼《め》をした。しかしすぐに、

「それには君の力も必要だ、ローカスト。君は〈カウンターズ〉の中でも最も、世界の敵に対抗できる可能性が高い能力を持っている。殺してしまうのはもったいないので、こうやって手間を掛けて捕らえることにしたのだ。君には隙がないからな。ミニマムでさえ即死させられないほどの君を罠《わな》に掛けるのには、このような二重三重の罠が必要だったよ」

「ううう……」

「安心したまえ。君に投与したのは洗脳薬の中でも、特に念入りに調合した特別製だ。これま

での記憶はすべて、苦しみも怒りも何もかも綺麗《きれい》に洗い流されて、欠片《かけら》も残らないだろう――」

飛燕の声がどんどん遠ざかっていくのを聞きながら、ローカストは意識を失っていって、そしてその精神は、二度と戻ってくることはなかった。

「………………」

呆然《ぼうぜん》とした表情を宙に向けているだけのローカスト――その横では、それまで立ち上がることもできなかった正樹に変化が生じていた。

ローカストの能力が消失したことで、急速に体力が回復したのである。

「――っ！」

彼は立ち上がって、走り出そうとした……しかし、

「いやいや、逃がさないから」

と七星那魅に、またしても捕らえられてしまった。片手で襟を摑《つか》まれて、投げつけられて地面に叩《たた》きつけられる。

「さて、君とも話をつけておかなければならないね、谷口正樹くん」

飛燕がゆっくりと、彼の方に歩み寄ってきた。

4.

「い、今──ブギーポップ、って……？」

　正樹が呟《つぶや》くと、飛燕はうなずいた。

「君はそれなりに知っているだろう？　以前は君だって、あれと同じ扮装《ふんそう》をさせられて、街中を走り回っていたんだからな」

「あなたもブギーポップと出会ったことがあるのか？　それなのに、どうして──」

「せっかく助けてもらったのに、どうしてこんなことをしているのか、不思議かね？」

　飛燕は正樹の疑問を先取りして言った。

「それは考えが逆だ。君も理解したはずだ。ブギーポップが現れるところ、世界の危機が存在している。あれがいなかったら、我々は何度も滅びてしまっているだろう……だがもしも、いつの日か二度と現れなくなったら？　あるいはブギーポップでも敵《かな》わないような強大な危機が訪れたら？」

　彼の眼差《まなざ》しはあくまでもまっすぐで、そこに欺瞞《ぎまん》はない。

「私は実感した。それまでは統和機構に属していても、危機感に欠けていた。ＭＰＬＳを倒さなければ世界が滅びるといわれていても、さほど深刻には考えていなかった……だが、ブギーポップと出会って、すべては真実で深刻で、一切の躊躇《ちゅうちょ》や妥協が許されないのだと理解したのだ。世界の終わりというのは常に、我々のすぐ近くでいつでも起こりうるありふれたものなのだということを。そして——同時に統和機構が役立たずだということも」

「他の連中はラークスペーア様のような深い思慮に決定的に欠けているのよ。だから思い知らせてやる必要があるの」

七星那魅が正樹を押さえつけながら言う。

「し、しかしそのために他の者たちを犠牲にしていいと思っているのか？」

正樹が必死で言い返すと、飛燕は苦笑気味に、

「君の場合は、単にカミールのことを犠牲にしたくないというだけのことだろう」

と嫌味っぽく言ってきた。正樹が言い返そうとしたところで、さらに飛燕は、

「彼女には残念ながら、ミニマムの執念の生贄《いけにえ》となってもらう。彼女のことを徹底的に調べても、何も成果が上がらないという事実に直面した後で、ミニマムは怒り狂っておそらくカミールを八つ裂きにしてしまうだろう……だがそれまでの間は、ミニマムは私の言う通りに動いてくれる」

淡々とした口調で、静かに言った。正樹の顔が憤りに歪《ゆが》んだ。

「やっぱり……綺の身体《からだ》の秘密のことなんか、本気で信じていなかったんだな……！」

するとの那魅がせせら笑った。

「当たり前でしょ？　あんな無力な小娘に、世界を左右するような価値があるはずないでしょう！」

「お、おまえらは……最悪だ……っ！」

正樹がかすれ声で言っても、相手はまったく動じることなく、

「さて、そこで谷口正樹くん——君のことだ。カミールはどうしようもないが、君は違う。なんの特殊能力もなしに、ここまでやれる行動力、適切な判断力、物怖《ものお》じしない決断力——素晴らしい素質がある。どうだろう、君も我々の仲間にならないか？　共に世界のために、正義のために尽くそうじゃないか」

そう提案してきた。正樹は飛燕を睨《にら》みつけて、

「ふざけるな——おまえらは、自分たちが正しいと思っているのか？　これが正義だと——こんなものは正義じゃない。おまえたちは世界の危機にかこつけて、ただ格好つけていい気になりたいだけの弱虫だっ……責任もとろうとせずに、他人に苦しみを押しつけて——」

「おやおや、ラークスペーア様。どうやらこの子にはせっかくの慈悲も無駄なようですよ」

「まったく残念だ。君はもう少し賢明な人間だと思っていたんだが、見込み違いだったかな」

飛燕が吐息混じりにそう言うと、正樹はさらに相手を鋭い眼《め》で見据えて、

「ああ、その通りだ——見込み違いだったよ、飛燕玲次——おまえは決定的なミスを犯した。完全に計算違いだよ」

と言った。その口調には、悔し紛れの強がりが一切なかった。飛燕が眉をひそめると、正樹はさらに続ける。

「おまえたちは、僕に余計なことを言い過ぎた——統和機構に関する重要な秘密を、得意になってべらべらと言い過ぎた……だから、僕にも〝キーワード〟が手に入った……」

「キーワード？　なんのことだ？」

「おまえたちは、自分らが上の立場だと思い上がっていたから、そこまでとは思っていなかっただろう……だが僕にはわかっている。絶対に網が張られているはずだと思った。さすがにすべてをチェックすることは不可能だろうから、きっかけとなるキーワードがあって、それで検出しているんだろうと思った……そう、統和機構の中でも特別なんだろう？　その名前を知っている者は限られているというのなら、そんなものを街中で大声で叫び続けていたら——たとえそれを聞いている者が誰もいなかったとしても、通りにある監視カメラにその様子が捉えられていたとしたら——絶対に反応する。〝彼〟にとっちゃ大切な関係者らしいからな。そう——〝ミニマム〟という名前を大声で叫びながら助けを求めている変なガキがいたら、何事かと思って、そこに駆けつけてくるはずだと——」

正樹がその説明を言い終わる前に、もう……〝それ〟は来ていた。

はっ、となって飛燕が空を見上げた先には、ビルの谷間にそいつがぼんやりと浮かび上がっていた。

巨大な——とても巨大な人影が、そこに聳《そび》え立《た》っていた。

〈ジェントル・ジャイアント〉というのがその能力の正式な名前だが、ほとんどの者はそいつのことを別の名前で呼んでいる。

ロボット将軍——と。

〝——おおう、おおう……〟

その巨大な影が咆哮《ほうこう》した。その全身は圧縮され、ほぼ個体と化した空気の塊である。生体波動の制御が極限まで達すると、合成人間は衝撃波を放つだけでなく、実体ある蜃気楼《しんきろう》として、巨人を造りあげることさえできるのだった。

「ま……マキシム・G！」

那魅が叫んだ直後、彼女の身体《からだ》は巨人の拳によって殴り飛ばされていた。それはあまりにもぞんざいな動作で、人が蟻《あり》を指で弾《はじ》くさまに似ていた。彼女に捕まっていた正樹も、その勢いで吹き飛ばされて、路面をごろごろと転がった。

「う……」

絶句する飛燕に、地に伏しつつも正樹が言う。

「そうだ——いくらおまえたちが侮っていたとしても、統和機構はやはり恐ろしい存在に違いないんだ。だから利用させてもらった。〈アンチタイプ〉も〈カウンターズ〉も信用できないのだから、第三の勢力に頼ることにしたんだ――マキシム・Gという、おまえたちよりも強大なサークルに、だ……！」

「き、貴様……谷口正樹……！」

飛燕は戦慄していた。こいつはさっき、ただ怯《おび》えきってローカストから逃げ回っていたのではなかった。その間に、既にこの策略を展開し終えていたのだ。ロボット将軍がその超絶的な演算能力で、常に世界中に電子の網を張っているであろうという仮定にすべてを賭けて――。

「な、なんてヤツだ……どうして――」

どうしてこいつは、そこまでしてカミールを助けたいと思うのか。

「何故《なぜ》――」

しかし飛燕には、その疑問に思い悩んでいる余裕はなかった。七星那魅を片付けた巨人が次に狙ってくるのが当然、彼の方だったからだ。

その漆黒の巨大な足が、彼を踏みつぶそうとして降りてきた。

彼にも生体波動で空気の流れを制御する能力がある。それで障壁を張り巡らせて、瞬時に踏み潰されるのを受け止めて、こらえた。

しかし――規模が違いすぎる。

ロボット将軍は脳の前頭葉に演算チップが埋め込まれていて、それで波動能力を超精密に制御している——円周率の計算を人間がいくら頑張っても機械に、速さ、正確さ、継続性——ありとあらゆる面で遠く及ばないように、初めから相手にならないのだ。

「ぐぐぐ……！」

飛燕の全身から脂汗がだらだらと流れ落ちていく。

耐え続けることはできない。防御と同時に衝撃波を放ち続ける。だが、びくともしない。対して相手は、そういう小細工さえしない。ただただ、圧迫してくるのみ。

通用するはずがない——そもそも、この状態の〈ジェントル・ジャイアント〉には対艦ミサイルを撃ち込んでも吹き飛ぶのは周囲の土地ばかりで、巨人の中にいるマキシム・Gそのものには傷一つつけられないのだから。破壊の衝撃が伝わるべき空気そのものが常に流動しているので、攻撃はすべて滑って四散してしまうのである。

固い装甲であれば同様に硬質な物で一撃を加え続ければいつかは歪《ゆが》んで割れる。しかし最初から変動し続けているものを打ち砕くことは何物にもできないのだ。

「うぐぐ……！」

飛燕は悟っていた——マキシム・Gはさっきから何も言おうとしない。意向を伝えるつもりがない。つまりこれは、既に彼の思考の中で、飛燕のことは結論が出ている。

処理して、そして廃棄する——罪を問うことさえしない。ただ消滅させるだけなのだ。

耐久力が限界に来た。ぎしぎしと音を立てて、飛燕の全身の皮膚が震えながら破れていく。

血が至るところから迸り出《ほとばし　で》た。

「わ──」

彼は何か言おうとしたが、しかしその言葉が声として形成されることはなかった。そのときには障壁を貫通したマキシム・Gに制御された空気の本流が一気に流れ込んできて、あらゆるものを引き裂いていた。

〃おおう、おおう〃

巨人が足をゆっくりと上げると、その下で飛燕玲次が動かなくなっていた。それは圧《お》し潰《つぶ》されたというよりも、全身を無数の槍《やり》で貫かれたような破壊だった。街の道路そのものさえ踏み抜いてしまうのを避けたのだ。

手加減してなお、圧倒的かつ無慈悲。

ロボット将軍の、これが通常の作業に他ならなかった。

そして巨人は、その場に残されている唯一の人間にその視線を向ける。

「う──」

と正樹が息をのんだときには、もう巨大な漆黒の手が彼の身体《からだ》を鷲摑《わしづか》みにしていた。そのまま持ち上げられる。

もがくことさえできない巨大な圧迫に正樹が戦慄していると、巨人の中にいるルネサンス絵画のような美少年が、マキシム・Gの姿がうっすらと見えてきた。その小さな口が動くと、正樹の耳元で囁《ささや》かれるような声が響いた。

〝――ミニマムの居る場所を指示せよ、直ちに〟

それは機械じみた口調だが、天使のようなボーイソプラノだった。正樹はぜいぜいと喘《あえ》ぎながらも、

「そ、その前に――話しておきたいことがあるんだが」

と言うと、マキシム・Gはうなずいて、

〝カミール……いや、織機綺の処遇なら考慮する。現状で、問題の最優先は……ミニマムの動向……織機綺を救助したいなら、ナビゲーションせよ〟

「だろうね――選択の余地はないんだよな。わかったよ。いきなり綺ごと踏みつぶさなきゃ、それでよしとしなきゃならないんだろうね――」

正樹はぐらぐらする頭をなんとかまともに戻そうと努力しつつ、来た道を教えた。

巨人の身体《からだ》が歩き出す――。

5.

はっ、とミニマムは顔を上げた。間違いなかった。身体中の産毛がざわざわと逆立つ悪寒にも似た風の感触――彼女の兄が近くに来ている。臨戦態勢で。

空を見上げると、夜空の中でさえ、そこだけぽっかりと穴が開いたような漆黒が屹立《きつりつ》している。巨大な〈ジェントル・ジャイアント〉の姿が視認できた。

「お――お兄ちゃん……」

彼女が呟《つぶや》いたところで、空から声が降ってきた。

〝織機綺をどうした、ミニマム〟

気絶している綺のことを質問してきた。

「わ、私のせいじゃないわ――急に訳のわからない爆発があって……」

〝それは、ラークスペーアの仕業と推定される……おまえの危機感を扇動し、さらに統和機構に対しての敵意を持たせるための〟

「……！　で、では――」

〝おまえは誘導されていた。ラークスペーアが己の権限を不当に拡大する……そのための補佐として〟

「……彼を既に殺しているようね。私だって、そんなことは薄々わかっていたわ。別にそれでもかまわなかった……カミールの秘密さえ手に入れば——」

〝織機綺にその潜在性がある可能性は、〇．〇〇八パーセント以下だ〟

「でも、ゼロじゃないわ！」

ミニマムが叫ぶように言う。

「今だって、ただ気を失っているだけよ。ちょっとショックを受けたから——息だってしているわ。すぐに回復するわよ。そうしたら、彼女を説得して仲間にして、合成人間を人間に戻せるように——」

〝その可能性はほぼ、検討に値しない〟

「なんとかなるわよ、きっと！」

ミニマムは両手を大きく振り回した。

「だからそんな風に言わないでよ！　そんな——そんな冷たい声で喋《しゃべ》んないでよ！　前はもっと、もっと優しい声だったわ！」

〝それは誰のことを言及しているのか〟

無感情にそう言われて、ミニマムは、うっ、と口ごもってしまった。

「そ、それは——」

〝ミニマムに、精神的動揺が見られる——彼女の言動には不安定な要素が多く、論理的判断を求めるのは困難と判定。しかしシステム内における戦力的価値から考慮して、捕獲が最善と判断する〟

マキシム・Gは淡々とした口調で言いながら、その手を下ろしていく。捕まっていた正樹が解放されて、彼は転がるように地面に降りた。

「あ、綺――！」

正樹はミニマムの隣に横たわっている綺のところに駆け寄った。

しかし彼に抱きかかえられても、綺は目覚めない。

「す、すぐに病院に――」

「駄目よ！　カミールは私のものよ！」

ミニマムが怒鳴ったところに、頭上から冷たい声が下りてくる。

〝彼女を解放して、彼に返せ――その上で、投降せよ、ミニマム〟

その言葉に、彼女はきっ、と睨《にら》み返《かえ》して、

「私をそんな名前で呼ばないで！　お兄ちゃんだって、ほんとうはマキシム・Gなんて名前じゃないわ！　私たちには、ちゃんとした――」

＊

……彼らが言い争っている様子を、物陰から監視している者がいる。

（こ、これで終わったのか……？）

合成人間スタッグビートルである。

（マキシム・Gが出てきてしまっては、もう我々のサークル程度ではどうにもならないから、ここで素直に降伏し、せめてもの情状酌量《じようじようしやくりよう》を願う以外に道はなく、後は統和機構の裁定を待つだけ……そうなのか？）

スタッグビートルは、奇妙な感覚にとらわれていた。

目の前で重大なことが進行しているはずなのに、なんだか……〝それどころではない〟という気がしてならないのだった。胸の奥がざわついて、身体《からだ》が小刻みに震えている。

いずれ君は、世界の敵と遭遇する――。

あの黒帽子の声が、さっきから脳内で反響し続けている。これまでは何を言っているんだと真に受けていなかった言葉が、ここに来て異様な生々しさを伴って、迫ってくる。その重圧感は他のあらゆることがすべてどうでもいい絵空事にしか思えないほどのものだった。

するとと、事態に変化が生じていく。彼が見ている間に、夜空に立っているマキシム・Gの〈ジェントル・ジャイアント〉が、ゆらゆらと左右に揺れ始めた。それは落ち着きのない子供が、原因不明の動機でいきなりキレて激高するときの前兆に似ていた。

anti-6

反―世界

（閉ざされた未来への志向）

『決定されている運命を考えるのは無意味

それと出逢ったとしても、

その正否を問うことができるのは結局、

その者の感情しかないからだ』

――霧間誠一〈敗因としての

1.

飛燕玲次がそいつと遭遇したのは、一年ほど前のことだった。

最初は単なる調査のひとつとしか思っていなかった。不審な失踪事件が相次いでいる地域があり、その原因を調べるようにという命令に従っただけだった。

賑《にぎ》やかな街であり、人の出入りも活発なようだったから、それで夜逃げなどが多少続いたというだけのことだ、と最初は思った。しかし消えた人間を探しても、結局誰一人として消息がつかめなかったあたりから、怪しい気配が漂いだした。さらに調査をしようとした彼が最初に調べた区画に戻ってきたときに、事件は起きた。

街中の人間たちが皆、彼のことを襲ってきたのだ。全然無関係のはずの、隣家の住人や通りすがりの者や警察官や子供までもが刺客となって迫ってきた。

事態がまったく把握できなかった彼は、やがて恐るべき真相を知った。消えたとされた人間たちは、実はどこにも行っていなかったのだ。ただ名前を変え、立場を変え、お互いに属していた居場所を交換して、まったく別人になりすましていたのだ。

それは人間の、別の誰かになりたいという気持ちを促進させ自在に操れるという能力——〈ディレクションズ〉を持つＭＰＬＳの仕業だった。その女は人々を、まるで人形遊びでいろいろな役割をさせるように、人々のことを動かしては弄《もてあそ》んでいたのだ。

「おまえも、今の自分ではない誰かになりたいと思っている——だから私がそれを許可してやる。私の敵から味方に、その役割を変更してあげるよ……」

その悪魔の囁《ささや》きが耳元で響いたとき、彼には抵抗する術がなかった。いや、統和機構の誰であってもできなかっただろう。心の中にある些細《ささい》な、しかし人格に根深く染みついている変身願望を否定することは誰にもできないし、逆らえなければこの恐るべき能力に従う以外にない。どんな闘志や敵意や執念も〝別人〟にされてしまっては何の意味もなくなってしまう。

（な、なんということだ……）

絶望の中、敵の毒牙にかかる寸前だった彼の耳に、奇妙な音が聞こえてきた。それは口笛で奏でられる〈ニュルンベルクのマイスタージンガー〉第一幕への前奏曲だった。

そして……気づいたときにはすべてが終わっていた。

奇妙な黒帽子がその女を殺し、そして人々は前後の記憶を一切失って、多少の混乱の後にそれぞれ元いた場所へと戻っていった。

あまりにも何事もなく、あっけなく片付いてしまったのをまのあたりにして、飛燕は悟らざるを得なかった。

自分たちはなんと無力なのだろう、という事実を。

もし〈ディレクションズ〉があのまま横行していたら、世界はどうなってしまっていたか？

彼女に征服されるだけならまだマシで、おそらくはすべての人間の精神が結局、無理がたたって崩壊して、互いに殺し合って滅亡していたかも知れない。しかし統和機構に限らず、既存のあらゆる秩序体制はあのように極度に非常識なアプローチには全くの無力なのだ。

（変わらなければならない――）

それが彼の信念となった。そのために努力し、策略を巡らし、統和機構そのものをより強力な存在に変革しようとしていたのだ。

だが――。

（ああ……）

飛燕玲次の全身は破壊されていた。

とっくに呼吸も停《と》まっていて、心臓はもはや脈拍をうっているとは言いがたい程度に痙攣《けいれん》しているに過ぎない。

眼《め》も耳も機能をほぼ停止して、すべてがぼんやりと薄れていく。誰かが自分の傍らに来て、乱暴に揺すぶられたような気もするが、それも曖昧《あいまい》で、いずれにせよ何もかもが闇の中に溶けていく。

だが……そんな中で、またしてもあれが聞こえてきた。

〈ニュルンベルクのマイスタージンガー〉第一幕への前奏曲の、あの口笛が。

（ああ……）

それはおそらく、聞こえているのではないのだろう。聴覚とは無縁の、魂のどこかに共鳴しているだけなのだろう。そして口笛が近づいてくると、そいつの姿も見えないはずの視界の中に現れる。

ブギーポップ……そう呼ばれているらしいことを、彼は事件のだいぶ後になって知った。女子高生の間で、そいつに似た噂《うわさ》が流れているという話を知ったのだ。それはその人が人生で一番美しいときに、それ以上醜くなる前に殺してくれるのだという……。

（そうか……そういうことか。おまえはほんとうに、あの噂の通りに〝死神〟だったのだな）

彼が心の中でそう呟《つぶや》くと、黒帽子は呆《あき》れているような、困っているような、左右非対称の奇妙な表情になって、

「やれやれ、だから言ったのに。君はしょせんは、あのときに受けたショックからずっと回復できていなかったというだけのことだったんだよ。君自身の意思ではなく、あの〈ディレクションズ〉によって書き換えられてしまった役割の影を、いつまでも引きずってしまっていたに過ぎないんだ」

と突き放すように言った。しかし飛燕にはもう怒る気力もなく、

（なるほど、そうかもな……私は結局、あのときに既に負けていたのだろうな）

と苦笑気味に笑った。顔の表情などまったく動いていないだろうが、それでも笑った。そこ

で黒帽子が、

「さて……しかし、君はいいとして、問題はこれからなんだよ」

と奇妙なことを言い出した。

「ぼくは君に確認しなければならないことがある――だからここに来た」

（…………？）

「飛燕玲次、君は自分には愛される資格があると思うかい？」

（……なんのことだ？）

「君のことを誰かが想《おも》っている、その事実をこれまでの人生でどのように扱ってきた？　そういう人に敬意を払っていたかい」

（私は……使命のために生きてきた。誰からも愛されたりはしなかったよ）

「そう思うかい？」

（ああ……それがどうした？）

「いや――これで充分だ。もう訊《き》くことはない」

黒帽子の、筒のようなシルエットがぼやける視界の中で遠ざかっていく。

（なあブギーポップ――私は間違っていたのか、それとも力不足だったのか？）

彼が問いかけると、黒帽子は冷たく突き放しているような、今さらと戸惑っているような、左右非対称の奇妙な表情になって、

「君はただの凡人だよ。ありふれた人間の一人で、だから——世界の危機を招いてしまう存在の一因になったんだ。よくあることだよ。そういうものさ——」

声はどんどん遠ざかっていく。いったいあれは自分に何を訊《き》きに来たのか、飛燕玲次は最後まで理解することなく、無明の闇の中へと引きずり込まれていって、その人生を終えた。

2.

〝おおう、おおう——〟

異変が生じていた。

夜空に聳《そび》え立《た》つ〈ジェントル・ジャイアント〉の巨体が、大きく揺れている。

それはミニマムとの対話の途中で、いきなり表れた症状だった。

「お、お兄ちゃん……？」

ミニマムの心配げな声を無視して、マキシム・Gはその全身を大きく震わせて、そしてさらに咆哮《ほうこう》した。

〝……ろぼせ……〟

その雷鳴のごとき音響が下にいる者たちの身体《からだ》をびりびりと震わせる。

「な、なに？」

ミニマムはあまりの音の大きさに、よく聞き取れなかった。頭が痛くなってきた。しかし何度も何度も吠《ほ》えるので、やがてそれがなんと言っているのか理解できた。

同時に、ぞっとした。


〝……ほろぼせ……滅ぼせ……！〟


間違いなく、彼女の兄はそう叫んでいるのだった。

「ど、どうしたの？」

彼女の呼びかけにも応えず、マキシム・Gはさらに身をうねらせたかと思うと、その全身がぶるぶるぶると大きく振動した。人型をしているその空気の塊が、膨らんだり凹《へこ》んだりして異様に蠢《うごめ》いた。

そして——至る所から棘《とげ》が突き出す。それはもはやウニかハリネズミかというほどであり、人の形をしていることがわからなくなるほどだった。

「な——」

呆然《ぼうぜん》としているミニマムに、その棘《とげ》だらけの腕が振り下ろされてきた。もはや何の手加減もない、全開の一撃だった。

ミニマムは、兄と同様の空気制御能力を用いて、なんとかその攻撃を耐える。しかし地面の方が保《も》たず、彼女の周囲の路面が大きく崩落した。

「う、うわっ——!」

すぐ隣にいる正樹と綺もそれに巻き込まれる。ミニマムの障壁の中にいるので攻撃は喰《く》らわなかったが、破壊された地面の穴へと滑り落ちた。

正樹は気絶した綺を必死で抱きかかえて覆《おお》い被《かぶ》さり、離さないようにするのが精一杯である。

自分にがんがんぶつかってくる小石を避けている余裕はなく、至る所から出血した。

〝滅ぼせ……!〟

マキシム・Gはなおも全身をがしゃがしゃとおぞましく変形させながら暴れ回る。なんらかの機能障害を起こしているとしか思えない。

(で、でもどういうこと……ロボット将軍の安全装置は二重三重になっているはず……それを全部無効にして、異常を起こせるような故障なんて——)

いや……そうではないのかも知れない。

これは壊れているのではなく、これもまた完全な制御の下に行われているのだとしたら――おかしくなっているのは、演算チップの向こう側の、少年の精神の方だとしたら――。

（ま、まさか――これは〝攻撃〟？　合成人間の攻撃――〈カウンターズ〉の……）

＊

「そうだ……滅ぼしてしまえ、マキシム・G。おまえのその破壊力で世界を蹂躪《じゅうりん》しろ……！」

彼女のその囁《ささや》きは、誰かに向かってのものではなかった。すべてに向けての底なしの呪詛《じゅそ》だった。

彼女の顔は無残に破壊されている。頭蓋が変形し髪の毛が半分以上皮膚ごと削り取られて、眼球は片方が完全に潰れている。唇は右側が大きく裂けて、奥歯が丸見えになっている。身体《からだ》付《つ》きもおかしい。右腕は肩ごとひしゃげて、肋骨《ろっこつ》の中にめり込んでいる。両脚はどうやって立っているのかわからないほどに変な方向にねじ曲がっている。

それでも生きている――戦闘用合成人間レディバード。

七星那魅。

彼女の左手には、襟首を摑《つか》まれた男がぶら下がっている。

洗脳薬によって人格を破壊されて、でくの坊のように呆然とした表情の男――合成人間ローカストが。

「滅ぼしてしまえ——もはや何も残す必要はない……！」

那魅はぐいっ、とローカストの首筋をつねり上げた。びくっ、と彼の身体《からだ》が痙攣《けいれん》して、身を縮ませる。

同時に——眼《め》には見えず、触れもせず、何の音もしないものが彼の身体から放出される。

それを浴びた者が正気を保てなくなる〝におい〟が。

もはやローカストは自分の意思がなく、能力を制御することもできない。言われるまま、その危険性も何も考慮せずに能力を発現させるだけだ。

その命令をする七星那魅は、彼女にはもう——人生の目的がない。

（ラークスペーア様がいなくなってしまった世界になど、何の価値も意味もない……全部消し飛んでしまえ！）

この作戦そのものは、かなり以前から考案されていた。飛燕玲次の計画の中では、いつか必ずマキシム・Gとの対立が予想されたので、その対抗手段としてローカストを利用するつもりだったのだ。機械で精神を補強しているマキシム・Gは、通常の人間よりもはるかにローカストの影響を受けやすいはず——〝におい〟は機械の制御を貫通して、マキシム・Gの脆弱《ぜいじやく》な子供の肉体に直接干渉すると予想したのである。

そして、それは正しかった。唯一の計算違いは、谷口正樹の予想外の行動のため、マキシム・

Gと想定よりも遥《はる》かに早く戦うことになってしまったことだった。

（おまえたちが悪いんだ。おまえたちがラークスペーア様の正しさを理解しなかったからだ。

これはその報いなのだ……！）

＊

〝滅ぼせ、滅ぼせ……！〟

身体中から無数の棘《とげ》を生やしてのたうち回る巨大な怪物は、郊外の街並みを次々と破壊していく。付近はすでに、先ほどの戦いの影響で人々がいなくなってしまっているが、このままではいずれ人の大勢いる都市の中心部になだれ込むことは歴然としていた。怪物の動きには見境がなく、破壊することばかりが目的のようだった。

「ううう……！」

ミニマムは奥歯をかちかちと鳴らしていた。恐怖が全身を包んでいた。彼女は自覚していなかったが、ローカストの〝におい〟は周囲に拡散していて、彼女もその影響を受けていた。

それは焼け付くような焦燥だった。

心の奥から、じたばたと足掻《あが》いてしまいそうな苛立《いらだ》ちが延々と湧き上がってくる。

どうにかしなければならない。だがどうすればいいのかまったくわからない。だがそんなこと兄を殺さなければならないのか。そうしないとこの暴走は停《と》まらないのか。だがそんなことができるはずもない。

それに……そもそも無敵の〈ジェントル・ジャイアント〉をどうやったら倒せるというのか。そんなことができる者がこの世にいるとも思えない——と、彼女がそんなことを思っていた、そのときだった。

破壊と咆哮《ほうこう》の轟音《ごうおん》の中で、かすかに——その奇妙な旋律が聞こえてきた。こんな異常な環境でなくても、ふつうの街の雑踏の中であっても紛れて聞こえないような、頼りなく不安定なそれは、口笛だった。

〈ニュルンベルクのマイスタージンガー〉第一幕への前奏曲が、どこからともなく聞こえてくる……。

「………?!」

はっとなって視線を向けると、まさに街へと進行しようとしていた怪物の前の、その路上にぽつん、とそれが立っていた。

地面から筒が伸びているような、人というよりもオブジェのようなシルエット。

目深に被《かぶ》った黒帽子の下で、白い顔に黒いルージュが引かれている。

無責任な噂話《うわさばなし》の中にしか存在しないと思われている、都市伝説上の存在——拠《よ》って立つ道義の希薄な死神。

「やあ——怪物くん。ずいぶんとご機嫌ななめのようだね？」

ブギーポップは平然とした調子で、その巨人に向かって片手を上げてみせた。

3.

〝……があっ……！〟

言葉にならない雄叫《おたけ》びを上げつつ、棘《とげ》だらけの怪物は黒帽子に襲いかかった。それは巨大な体積に見合わない、恐るべき速さだった。なにしろそれはほとんど空気であり、ただ衝撃波だけが集積されているという代物なのである。敏捷《びんしょう》さは巨大さに左右されない。むしろ加速される。

その凄《すさ》まじい突進に、しかし黒帽子は避《よ》けようとしなかった。真正面から受け止めるように、待ち、そして——ひらり、と身体《からだ》をくるんでいるマントを翻《ひるがえ》した。闘牛士のような動作だった。

するとマントが、巨人を形成する空気の流動に巻き込まれて、あっという間に吸い込まれる。

黒帽子ごと、巨人の中に——そして圧力に圧《お》し潰《つぶ》されるかと思われた瞬間、巨人の腕がバラバラになって飛散する。

空気の流れが、何かに分断されたのだ……糸のように細い閃光《せんこう》が、きらきら、とその中に混じっている。

単純な衝撃を外から与えるだけでは決して破壊できないその流動が、流れの中に混じり込んだ細い細い異物によって、乱され、そして収束を失っているのだった。

ブギーポップは、何事もなかったかのように、マントに破れ目ひとつなく、地面にふわりと降り立つ。

「な……」

それを見上げているミニマムの顔には、信じられない、という驚愕《きょうがく》が張り付いている。

マキシム・Gにはダメージはない。空気で形成される腕などはいくらでも再形成可能だ。すぐに回復して、また黒帽子をなぐりつける。しかしマントが、ひらり、と舞い上がると同時に、その姿が見えなくなり、そして巨大な腕がみるみる拡散して、その中から何事もなかったのかように黒帽子は飛び出してくる。

そんな馬鹿な……いや、可能性は一つだけある。

マントの動きが、巨人の身体《からだ》の表面を流れている空気の動きと完全にシンクロしているのだ。そのためマントはずたずたに破られる代わりに、流れに乗って一緒に舞い上がるのである……しかし、そんなことは不可能だ。おそらくマキシム・G自身すらも、自分の身体を流れ続ける空気の動きを完全には理解していないだろう。人間が自分の身体の中の血液の流れを自覚できないのと同じように。

それを、あの黒帽子は読み切っているというのか？

そして……吸い込まれると同時に、何かを内部に撒《ま》き散《ち》らしている。糸のようななにかが、巨人の構造を細切れにしてしまって、故《ゆえ》に黒帽子には一切の衝撃が届かないのだ。

（こ、こんなことが……統和機構でも最大の規模を保つマキシム・Gが……あんなよくわからないコスプレみたいなヤツに……？）

手玉に取られている。

そうとしか言い様がない。

今度はブギーポップの方から動いた。巨人の足下へと走って行く。そしてマントがはためくと同時にその姿が巨人の胴体の方へとみるみる舞い上がっていく。自分の力を使わず、巨人の流動を利用して、浮上している。

棘《とげ》だらけの身体の合間を縫うようにして、向かっていく先は――マキシム・Gが中にいる頭部だ。

「――――っ！」

それを見て、ミニマムは反射的に動いていた。兄ほどではないが、それでも合成人間としては最大レベルの破壊力を持つ衝撃波を、黒帽子めがけて発射していた。

爆炎が炸裂《さくれつ》し、その中からブギーポップが飛び出してきた。

地面までは遠すぎる高さだったからか、近くに生えていた植木に飛びついて、そのまましなる木と共に地面に降りた。

「や——やらせないわ！　お兄ちゃんはやらせない！」

ミニマムは叫んだ。それを聞いて、ブギーポップの顔が少し歪《ゆが》んだ。

やれやれと困っているような、仕方ないかと諦めているような、左右非対称の奇妙な表情だった。

マキシム・Gがさらに攻撃してくるのに合わせて、ミニマムも砲撃してくる。ブギーポップはその地獄のような中をひらりひらりと避け続ける。

それは統和機構の研究者が見ていたら、唖然《あぜん》として口をぽかんと開け続けてしまうような光景だった。マキシム・Gとミニマムの連動攻撃などというものがそもそも前例がなく、貴重なデータをいくらでも取れそうな事態であり、そして——それでも倒せない相手というのが、果たしてどのような概念を以《もっ》てすれば説明できるのか、誰にもわからないだろう。

「く、くそっ——くそったれ！　どうして、どうしてやられないのよ！」

ミニマムは苛立《いらだ》って怒鳴った。すると背後から、

「それがブギーポップだからだよ——死神には誰も勝てない」

という声がした。正樹だった。

「な、なにい……？」

「もうやめろ——一緒にお兄さんを取り押さえる手伝いをした方がいい。そうしないと、君も殺されるぞ」

彼は綺を抱きかかえながら、血まみれの姿でそう言った。

「ば、馬鹿な——そんな馬鹿なことがあるものか！」

ミニマムは絶叫しながら、なおも兄を援護し続ける……。

＊

「……そうか、あれがブギーポップなのか。ラークスペーア様が仰《おつしや》っていたのは、あれのことだったのか」

七星那魅は、その異様な戦いを遠目で眺めながら、ひとり呟《つぶや》いた。

「確かに……統和機構でも最高クラスの戦力を翻弄《ほんろう》している。あれを見て、ラークスペーア様も反逆を決意されたのか——しかし」

しかし今度は、あれは飛燕玲次を助けてくれなかったのだな、と思うと、那魅には彼のようにブギーポップを信奉する気持ちは湧いてこなかった。

「世界の敵を滅ぼす存在か——マキシム・Gはもはやあれの敵になったのか。ということは、それを操っている私も殺しに来るかな……？　もっとも、避《よ》けているだけでは勝てないぞ」

かつて飛燕玲次を助けたブギーポップを自分が倒すというのは皮肉な運命なのかも知れなかったが、それもまた成り行きというものなのだろう。

彼女が、飛燕玲次に個人的な忠誠を誓うことになったのも、また成り行きからだった。

お互い敵対する勢力に属していたにもかかわらず、那魅には飛燕が妙に気になっていた。彼女は正体を隠して偉そうにしていたミニマムが気にくわなかったので〈カウンターズ〉に属していたのだが、しかしその直属のはずの飛燕にはその印象がなかった。傲慢というよりも彼には自信を感じた。だからあるとき、質問してみた。

「どうしておまえはミニマムに尻尾《しっぽ》を振っているの？」

「見解の相違だね。私が忠誠を誓っているのは〝人類守護〟の一点であって、ミニマムはその媒介にすぎない」

「そんな建前は馬鹿らしいわ」

「では君はどうだ。何に尻尾を振っている？」

「私は——私は自分で考えて、判断しているわよ」

「判断した結果、ただミニマムに敵意を向けているのか？」

「気にくわないのよ、何もかも」

「それは彼女の立場に嫉妬しているのか、それとも自分が〝やるべきこと〟をやれていないから、その不満をぶつけているのかな」

「私に不満なんてないわ」

「私にはあるね」

「え？」

「私は力不足だ。そのことがとても不満だ。私にもっと力があれば、世界をより良く導けると思っているのに、それができていない。私は不満の塊なんだよ」

「……ミニマムの言いなりなのに？」

「それも不満のひとつではあるよ」

飛燕玲次はそう言って、屈託のない笑顔を見せた。那魅は少しどきりとした。不満があると、臆面もなく広言できる彼の素直さが妙にまぶしく見えた。自分が突っ張っている色々なことから、彼は自由なのかも知れないと感じた。そして彼についていけば、自分にもその自由が感じられるかも知れないと考えたあのときから、なんとなく彼女は飛燕玲次になびいていったのだ。

なんとなく——。

そう、理由はそれしかない。

そしてそれで充分だった。彼女は彼のために生命《いのち》を賭けることをいつのまにか当然だと思っていた。権勢欲も使命感も正義感も何もない。なんとなくで彼女は、所属していたサークルも、統和機構も、およそ自分を取り巻いているものたちすべてに背《そむ》いていったのだ。途中で後悔したことなど一度もなかった。

今もそうだ。

ブギーポップを敵に回しても、一切の恐怖は感じない。

かつてはあれほど敵視していたミニマムでさえ、今や彼女の手の内で暴走する哀れな駒の一つになった。恐れなければ不可能なことなど何もないと彼女は思った。この強い気持ちを飛燕玲次が自分に与えてくれたのだと信じられた。

（もう何も怖くないわ、ラークスペーア様——あなたの意志の下で、私はすべてをひれ伏せさせるのよ……！）

彼女は自分の前に広がっている自由に酔っていた。だから気づかなかった。ブギーポップがひたすらにマキシム・Gたちの方に向かっていって、自分のことをまったく探そうともしていないことを疑問に思わなかった。まるで囮《おとり》のようだ、とは考えもしなかった。

だから——この状況下でまだ、他に残っている者がいたことも思い出せなかった。

音もなく、背後に忍び寄っていた。

そもそも傷ついている那魅の感覚は相当に鈍っているから、それほど慎重でなくても接近できただろう——しかしそれでも、そいつは静かに近づいて、そして那魅の首にその腕を絡めていた。クワガタの顎《あぎと》、と呼ばれる暗殺技だった。

あまりの素早さと自然さに、那魅は自分が極《き》められたことにさえ気づかなかった。その余裕を与えられなかった。

きゅううう っ──と容赦なく、その頸動脈《けいどうみゃく》の適切な位置が完全に塞がれて、そして数秒で脳から思考に必要な血流が不足する。強化された肉体でも防御できない、繊細で致命的な遮断。

くらっ──と軽いめまいを感じたのが、おそらくは七星那魅が受けた印象のすべてだっただろう。

「…………」

彼女の眼《め》からすぐに光が失せて、ぽかんと開いた唇は、もう二度と閉じることはない。

その顔を、背後から抱きしめるようにして見つめている殺人者は──合成人間スタッグビートルだった。

「──悪いとは思わないぞ、レディバード。これも成り行きだ──」

心臓が停止したのを確認してから、彼は彼女を離した。そして彼は、ぼんやりとした表情でうつろに夜空を見上げているローカストの方に眼を移す。

そっ、と優しい動作で、その頭をなでてやって、それから命じる。

「ローカスト──今出している〝におい〟を打ち消す作用のある、反対の〝におい〟を出せ」

ローカストは返事をしないが、首をゆっくりと動かしているのは、きっと言われた通りにしているということなのだろう。

そう──スタッグビートルは、このためにここに来たのだった。ただ七星那魅を殺すだけでは駄目だったのだ。ローカストに〝におい〟を消してもらわなければならず、それには、同じ

〈カウンターズ〉の仲間であったスタッグビートルの命令が必要だったのである。もはやローカストには知性はまったく残っていないが、その脳裏の片隅に、かつての仲間たちの体臭の記憶がこびりついているから、那魅や彼の命令だけは聞いたのである。

「こういうことだったんだな——これで、俺が世界を救うということになるわけか……」

彼は茫洋《ぼうよう》とした調子で囁《ささや》きながら、視線を彼方に向ける。

それまで暴走していた〈ジェントル・ジャイアント〉が、その動作を停止させるのが見えた。

おそらく——マキシム・Gの中に蓄積されていたであろう〝におい〟は凝集されて高密度になっていたと思われる。それがそのまま放出されていたとしたら、その影響がどこまで及んでいたかは想像もできない。そう、正気だった頃にローカストがよく言っていたが、人が思っている以上に〝におい〟というのは広く拡散し、そしてなかなか消えないものだからだ。

スタッグビートルにも、それを嗅ぎ分けることはできない。彼もまたここに来るまでに様々な影響を受けてはいたのであるが、その原因がわかっているので、無意識に操られるということを避けられたのであった。

彼でなければならないというお膳立《ぜんだ》てが、あらゆるところで働いたかのようだった。自動的に彼はこの場に運ばれてきたような、そんな気さえしていた。

「自動的、か——」

彼がぽつりと呟《つぶや》いたとき、巨人がその姿を消失させるのが確認できた。戦闘態勢を解いたのだろう。

戦いは、終わった――。

4.

（……？）

再起動したマキシム・Gの思考にまず浮かんだのは、混乱だった。前後の記憶が正確に記録されていなかった。

（……？　……？）

緊急モードが作動していたのか、自分が戦闘態勢になっていることを確認し、周辺の状況をスキャンするが、自分が実施したと推定される破壊の跡が見られるだけで、攻撃されたという確たる形跡はない。

何かと戦っていたらしいが……それがなんなのか、まったく不明だった。相手は既に、この場から完全に消えていた。

（………）

巨体の足下にはミニマムがいるのを感知する。そもそも彼女に関連することで緊急出動してきたのであり、近くにいること自体は不自然ではなかった。

「お、お兄ちゃん……？」

彼女も呆然《ぼうぜん》としているようだった。その様子からマキシム・Gは危険性の低さを検知して、戦闘態勢を解いた。

身にまとっていた巨大な空気の鎧《よろい》をほどいて、小さな子供の姿に戻っていく。胡座《あぐら》をかいた姿勢で宙に浮いていた形になっていたのが、そのまま地面へとふわりふわりと降りていく。

「なにが……あった……？」

そう訊《き》くと、ミニマムは脱力して、

「お兄ちゃんは――ううん、もういいの。なんだか私も、悪い夢を見ていたような気がするわ――」

と弱々しく言った。すっかり疲れ切っていた。マキシム・Gは直前のメモリーが谷口正樹との対話までだったので、彼の方にも眼《め》を向けて、

「おまえは――ミニマムに危害を加えられると、救助要請を……していたはずだが」

と質問すると、正樹も、ああ、と力なくうなずいて、

「えーと……なんていうのかな……」

と困惑した表情を浮かべた。その彼の腕の中で、織機綺の瞼《まぶた》が、ぴくぴくっ、と動いていた。

＊

……綺はまたしても、茫洋《ぼうよう》と白っぽい空間の中にいた。

「…………」

椅子に腰掛けて、ぼんやりと何も考えずにじっとしていると、再びどこからともなく声がする。

「おまえはいつでもそうだな？　ずっと待っているだけだ。そうすればいつか誰かが助けてくれるとでも思っているのか？　いや思っていないよな。単にどうにでもなれっていつでも投げやりなだけだろう？　違うか？」

振り向くと、スプーキーEが心底馬鹿にしきったという眼でこちらを見ている。

「あなたは助けてくれないわよね、スプーキーE」

「そうだ。だからこうやって夢に出てくるんだ。おまえは本音では、誰の助けも欲しくなんかないんだよ」

「そうかも知れないわ――」

綺は素直に認めた。

「みんなに助けてもらっているとき、私はいつも後ろめたい――でもそんな風に感じる自分こそ一番嫌いなんだわ」

「おまえには力がない。だからいくら助けてもらっても、それを返すことができない——それが嫌なんだろう？」

「私にどれくらいの力があったら、みんなを助けられるのかしら」

彼女がそう言うと、スプーキーEは、ひひひ、と笑った。

「強くなりさえすれば、おまえが思う通りに、みんなに充分だと思えるだけの、ありったけの施しをくれてやるっていうのか？」

「そうできたらいいとは思うけど——でも」

「ああ、そうだな——自分自身ですら信じられないおまえが、どうやってみんなが満足できることを決められるっていうんだ？」

「迷ってしまうわ、絶対に——」

綺は首を左右に振る。

「そして迷っている私は、たぶん——自分の以外の何かに頼ってしまう」

「オルタナティヴ・エゴに、か？」

「自分で考えたと思っているのに、いつのまにか別の何かのせいにしているんだわ、きっと——」

「じゃあどうする？　失敗したくないからって、いつまでも殻に閉じこもったままか？」

スプーキーEの言葉に、綺はわずかに口元に笑みを浮かべた。

「変な気分だわ──夢の中とは言え、あなたにそんな風に言われるなんて。本物のあなたは絶対に言わなかったわ。いつだって私たち、殻にこもりっきりだったのに」

「本物じゃないからさ」

「そうね、本物は死んだ──もう私を殴りに来たりはしない」

綺は顔を伏せて、そして息を大きく吐いた。

「びくびくと怯《おび》えて、余計な緊張をしていては、私はきっと……あの飛燕玲次と同じになってしまう。背負わなくてもいいものを、背負うべきではないものまで自分でどうにかしようとしてしまう……」

「あいつも死んだぞ」

「そうね……そうらしいわね。どうして私がそれを知っているの？」

そう言って顔を上げた綺の前には、もうスプーキーEはいない。

そこにいるのは、もうひとりの織機綺だった。

暗い目つきをして、こっちを見つめてくる。その眼《め》は知っている。鏡の中でさんざん見つめ返してきた眼だ。

谷口正樹と出会う前の綺──つまり、

「あなたは、カミールね……？」

「…………」

「私は、あなたのことを見ないようにしてきた。正樹も凪も、あなたのことを知らないから。あの人たちが知っているのは、自分たちで救った織機綺だけで、死んだスプーキーEと一緒に闇の中に取り残されたままのカミールのことは、誰も気づいていない――」

「…………」

「あなたはどう思っているのかしら。私はどういう風に見えるの、あなたからだと」

「…………」

「あなたと一緒に滅びて欲しい？　私だけが幸せになることを望まない？」

「…………」

「教えて、カミール――私はどうすればいいと思う？」

「…………」

その少女は、無言で綺のことを見つめ続けていたが、やがて――にたあ、と不気味に笑った。

そして、

「気取ってんじゃねえよ」

と、せせら笑いながら言った。綺は吐息をついた。

「そうね――まだ格好つけようとしてるわね。自分のことで精一杯のくせに」

「いつまで寝たふりしてんだ――カマトトはやめな」

もうひとりの自分の明け透けな言葉に、綺は少し唇を尖《とが》らせて、

「その言い方はないでしょう。私なりにショックが重なっていたのよ——でも、ああ……そうね、私は自分で決めなきゃならないんだわ。他の何にも頼らずに」

と言うと、苦笑気味に微笑《ほほえ》んだ。

「私は怖いわ。あなたは怖くないの、カミール」

「ふざけんじゃねえよ——そんな余裕があるか」

吐き捨てるように言われて、綺はうなずく。

「そうだったわね——失うものが何もないから、怖いこともなかったのよね、あの頃は。今は——でも」

彼女の周囲を、ぼんやりと包んでいた白い光がどんどん薄くなっていく。暗闇が落ちてくる。

「でも……戻らなきゃ——」

＊

「————」

綺が瞼《まぶた》を開けると、そこではマキシム・Gとミニマムが話しているところだった。正樹の体温を感じる。彼に抱きかかえられている。

彼女がもぞもぞと動いたので、彼はびっくりして、

「あ、綺？　気がついたのか？」

と心配そうに訊《き》いてきた。しかし彼女はこれには即答せずに、身を起こして、一人で立ち上がった。

「カミール――あなた」

ミニマムが声を掛けてきたが、綺はこれにも反応せずに、ただ――この場で最も権力のある相手、状況に対して支配力のある人間の、マキシム・Gだけを見つめていた。

「何をしに来たの、マキシム・Gさん」

ひどく呑気《のんき》な口調で、彼女はその戦略兵器に質問した。すると相手も、機械的な正確さを持つ声で、

「……おまえの処置を巡って……ミニマムに命令を通達し、受け入れを承認するように……来た」

と答えた。

「あらそう。でも、なんで？」

「一部の者が拘泥《こうでい》している……おまえの特殊な才能は、極めて蓋然性が低く……それを追求する価値がない……混乱の元でしかない」

「ふうん、でも、それって――あなたが決められることなの？」

「不明——だが、ミニマムや他の者たちに、決定する権限もない」

「じゃあさ——私が決めるわ。可能性がゼロじゃないなら、私は今後、ミニマムに協力します」

綺があっさりと、淡々とした口調でそう言ったので、ミニマムと正樹は驚いて彼女をまじまじと見つめた。

「え？」

「ど、どういうことだい、綺——」

しかし綺は彼らの方は見ずに、マキシム・Gの方しか見ていない。

「もちろん、この騒ぎの責任をミニマムや、その喧嘩《けんか》相手《あいて》の人たちに取ってもらった後で、ということにはなるんでしょうけど……私は、あの申し出を受け入れます」

きっぱりとそう言った。マキシム・Gは相変わらず機械的な視線を彼女に向けていたが、やがて、

「そうなると……確かに、中止を命じるほどでもなくなる……」

「あなたの妹が持っている一縷《いちる》の望みを、あなた自身が否定しなくてもよくなるわ」

「その言葉は理解不能……しかし、検討するほどの内容でもないと、判断——」

ちら、とマキシム・Gはミニマムの方を見た。びくっ、と彼女は身を縮めたが、すぐに、

「う、うん——言われた通りにします」

と何度もうなずいた。

その横では正樹が呆然《ぼうぜん》とした顔で、なにがなんだかわからないという表情をしている。綺は

ここでやっと彼の方を向いて、

「正樹、怪我《けが》しているじゃない——早く治療してもらいましょう」

と言った。

……こうして合成人間カミールは、管轄者スプーキー・エレクトリックの死後、棚上げにされたままだった立場を明確にして、統和機構に正式に復帰した。

nti-7

反—調和

（恐怖なき心に平穏はない）

『何かを成し遂げるということの恐
理解できない者には説明不能で、
知ってしまったときには既に手遅れ

——霧間誠一〈敗因と

1.

一夜明けて、周辺は大きく報道などで取り上げられた。基本的には郊外の老朽化していたガス管が連鎖的に破裂したことによって、レストランが全焼した上であちこちの施設が破壊されたという内容でまとめられていたが、詳しい原因は今後の調査が待たれるという形で結論づけられた。規模の大きさに反して目撃者の数が極端に少ないというのも、この話題が今ひとつ広がらなかった理由の一つだった。窪下庸介の遺体は既に発見されていたが、場所が近隣というだけでかなり離れていたので、関連づけられて考察されることもなかった。彼の死はむしろ多額の負債を残したままであることから、その資金の流れが大手証券会社等々も絡んだ不透明なものだった方の疑惑が浮上してしまって、騒ぎの方は町が損壊したことよりもスキャンダル系の方向に流れて行ってしまった。何かを隠蔽《いんぺい》するには「何も問題ありません」というのではなく、他の様々な雑多な諸問題の中に埋没させることが効果的である実例の一つだった。

＊

……そして三日が経《た》ち、谷口正樹は全寮制の学校に戻っていた。彼が累積した単位不足の件で多忙なのは相変わらずであり、ほとんど事件のことを反芻《はんすう》している余裕もないくらいに、レポートや試験に追われることになっていた。

そんなときに、学校職員から「来客がある」と呼び出されたので、かなり緊張して応接室に行った。

「やあ、どうも」

そこには一人の、地味めな男がいた。スーツ姿で、よくいるサラリーマンか役人か、といった風の人物であった。初めて見る顔だった。

「ええと……父の会社の人って聞いたんですが」

正樹がそう訊《き》くと、男はあっさりと、

「いや、嘘《うそ》です。でも身分証は本物です」

と答えた。正樹はもう特に驚かず、

「統和機構の方ですか。こんな普通のルートで会いに来ることもあるんですね」

と言うと、男は微笑《ほほえ》んで、

「あなたは私をご存じないでしょうが、私の方はあなたのことをよく知っているんですよ。三日前には、ずっとあなた方に張り付いていたので」

と言ってから、一礼した。

「コードネームはスタッグビートルと言います。あなたに接触したレディバードの同僚でした」

「ということは〈カウンターズ〉の？」

「ああ、あのサークルは解体させられました。もちろん〈アンチタイプ〉の方も。喧嘩《けんか》両成《りようせい》敗《ばい》ってところですかね。もちろんそんなことであなた方の気がすむとは思いませんが、そのように処置はされました」

「そうですか——まあ、僕が直接どうこうということでもないので。綺がそれでいいと言うのなら」

正樹がそう言うと、スタッグビートルは居住まいを正して、

「谷口正樹さん、私がこうしてここに来たのは、あなたにどうしても伺いたいことがあるからです」

と言ってきた。

「なんでしょうか？」

「織機綺さんのことで、あなたが大変なご苦労をされたのを、私は見てきました——その気力はどこから得られたものなのですか？」

「そんな——そんなものに理由なんかありませんよ」

「では、それを今後もお続けになりますか」

そう訊かれて、正樹は少し口を閉ざした。それから苦笑して、

「同じことを、別の人にも訊かれましたよ」

と言った。その相手は凪だった。彼はあの騒動の後で、凪にこっぴどく怒られて、殴られて、その上でこう訊かれたのだ。

これからも、こんなことを続けるつもりなのか、と。

「どうお答えになりましたか？」

正樹はこれに、ややあっけらかんとした調子で、

「いや、わかりません——そのときになってみないと」

と正直に言った。これにスタッグビートルは面食らった顔になり、

「……信念、ではないんですか？」

と訊き返すと、正樹はうなずいて、

「そうです。今回の件だって、僕は最初、綺に統和機構に戻ってもいいんじゃないかって言ってましたし。彼女が気が進まないのを知っていて、ですから——」

「でも、それは織機さんのために、でしょう？」

「僕もそう思っていましたが、本音ではどうだったか。単に問題を簡単に片付けたかっただけかも」

「しかし結局、織機さんはあなたの言う通りにした訳ですから——」

「だから、それを決めたのは綺で、僕はそのときにはもう自信をなくしていました。あなた方

にさんざんいじめられた後だったので」

「それは――それは失礼しましたが、ですが……」

「わからないんですよ、本当に。ただ……ひとつわかったことがあります」

「なんですか？」

「割と絶体絶命になったんですよ、今回。そこで僕は、なんだかあんまり後悔しなかった……怖がるよりも、なんとかなりそうだという気持ちの方が強かった。死にそうだったときにも、そうだったんです。これは綺のおかげです。彼女の方に重みを押しつけて、自分が軽くなっていた、というか――だから平気だった。きっと自分が助かりたいとしか思っていなかったら、頑張れなかったでしょうね。でも、次はどうなるか、それはなんとも言えません」

正樹はひょうひょうとした口調で言う。それを聞きながら、スタッグビートルはだんだん顔を伏せていった。落ち込んでいっているようだった。

「あの、どうかしましたか？」

正樹が訊くと、彼は首を左右に振って、

「わからないんですよ、俺も――これからどうしたらいいのか」

と憔悴《しょうすい》した声を出した。

「ええと――」

「あなたは世界を救ったことがありますか？」

急に、訳のわからないことを訊《き》いてきた。正樹が答えられないでいると、スタッグビートルは、

「俺はどうやら、その仕事を終えてしまったらしい——俺はそのために生まれてきて、もはや何の目的もないらしいのです」

と真顔で言った。

「しかしそれでは、俺はこれからどうすればいいのか——世界を救う以上に価値のあることが残っているのかどうか——」

そう言って、彼は懐から何かを取り出して、応接室のテーブルの上に置いた。

正樹はぎくりとした。それは拳銃だった。

「中には、合成人間でも殺せる特殊徹甲弾が入っています——それで俺を殺せますか、谷口正樹さん」

「は？　いや、そんなことは——」

「私がこれから綺さんを殺しに行く、と言ってもですか」

やはり真顔で言う。

「俺を殺さないと、綺さんが危険だ——そういうことになっても、あなたはやはり撃ちませんか」

「……どういうことですか？」

「だから、わからないんですよ——しかし、あなたが織機綺を守りたいという気持ちが、俺が世界を救ったことよりも重いというのなら——あなたは俺を殺せるでしょう」

スタッグビートルは不気味な光を放つ眼《め》を、正樹に向けてくる。

「………」

正樹は拳銃を手に取った。そして相手に銃口を向ける。

スタッグビートルは微動だにせず、それを見つめ返す。

しばらく、そうやって沈黙が続いた。やがて正樹が口を開く。

「——少しだけ、気持ちがわかる気もしますよ」

「………」

「僕もこの前、綺を助けられたと思ったとき——なにか空虚な気持ちがあった。これでもういいか、という気がした……たぶんそれは、あなたの言う〝これから先に、これよりも価値のあることができるかどうか〟という気持ちなんでしょうね……」

「これからも、続けますか？」

「次はもう失敗するかも知れない。その不安はつきまとうでしょうね——だけどそれは、そのときになってみないとわかりません」

正樹がふたたびその言葉を口にすると、スタッグビートルはため息をついた。

「もう、統和機構にも心底からの忠誠は誓えそうもない——連中よりもずっと深いところを見てしまったから。ある意味で俺は飛燕玲次よりもひどく歪《ゆが》んでしまった。だからこれからは——俺はあなたに協力しますよ、谷口正樹」

「え？」

「将来あなたが何をするのか、自分でもまだわからないでしょうが……この生命《いのち》をそのために使わせてもらいますよ。たとえそれが織機綺のために世界中を敵に回すことだとしても、俺はあなたの味方をするでしょう。そう、飛燕玲次に夢を託したレディバードのように——」

スタッグビートルはにやりと微笑《ほほえ》んだ。それはこの男がここに来てから初めて見せる生気ある表情だった。

「これからは俺のことを〝クワガタ〟と呼んでください。それと——その拳銃は持っていてください。いつでも俺を殺せるようにね」

「ち、ちょっと——」

正樹は立ち上がろうとした。その瞬間、彼の目の前で、ぱぱん、と花火のようなものが炸裂《さくれつ》した。わっ、とひっくり返ってソファに逆戻りして、そして顔を上げたとき——もうスタッグビートルの姿はどこにもなかった。

応接室のドアは、閉まったままのように思えた——だが破裂の瞬間に何かが高速で起こっていたとしたら、それを正樹は感知できなかった。

——以前に、七星那魅にやられたのと同じような状況だった。

まったく歯が立たず、完全に手玉に取られているのに、相手はどういう訳か、彼の方に主導権があるという……。

「なんなんだ、いったい……」

正樹は手の中の拳銃に目を落とした。それは掌《てのひら》に収まるほどに小さくて、玩具《おもちゃ》のようにしか見えなかった。

2.

「カミール、あんたは料理が上手なんだって？」

その少女は馴《な》れ馴《な》れしい口調で綺に話しかけてくる。

「いや、上手かどうかは……単に勉強してるだけで」

「でも、一般人よりかは詳しいんでしょ？」

「それはそうだけど──」

少女は、ミニマムよりは背が高いけれど、それでも小さい部類に入る。ぼさぼさの長い髪をなびかせて、煤《すす》けた色の大人用ハーフコートを、裾を引きずるようにして着ている。統和機構の戦闘用合成人間で、能力名は〈ブレス・アウェイ〉──〝特別製《スーパービルド》〟のひとりらしい。

「ならさ、焼きそば、とか知ってるかなあ」

彼女の言葉に、綺は眉をひそめて、

「いや、そりゃ知っているけど——えと、どういう焼きそば？」

「アレよ、ソースで炒《いた》めてあって、青ノリとかかかってて、紅ショウガが添えてあるヤツ」

「……ふつうね」

「そうらしいね。でもあたしはフツーじゃねーからさ、最近までその存在を知らなかったのよ。いや正直理解に苦しむっつーかさ、はっきり言ってデタラメな調理法じゃない？　麺類《めんるい》の基本から逸脱しているっつーか。茹《ゆ》ですぎて伸びてるところに、やたら味の濃いソースをべちゃべちゃに絡めるなんて。でもさあ——なんかうまいのよね、悔しいことに」

「……そうね」

「あんた、アレ作れる？」

「そりゃあ……できるけど」

「だったらさあ、一度食べさせてくれないかなあ。こっちもただ命令されたからって、あんたの下に付くのも、ねえ？」

「ええと……メロー・イエローさん？」

「メローでいいわよ」

彼女はにっこりと笑ってそう言った。

「ああそうね、あたしはあんたのことをなんて呼べばいいのか、訊《き》いてなかった。カミールでいいの？」

「できたら、綺、って言ってくれる？」

「うん、わかった綺ちゃん」

メローは屈託ない調子でうなずいた。

彼女は、統和機構から派遣されてきた綺の監視役だった。独立した任務に就くことが多いらしく、別にミニマムやマキシム・Gの部下という訳でもないようだ。何者かがこの前のように綺を捕らえようとしたら、それを迎撃する役割を負っているはずだが、そんな堅さはまるで感じられず、初対面から妙に馴《な》れ馴《な》れしいというか、親しげな印象がある。

今は、綺の専門学校からの帰り道を、一緒に歩いているところだった。傍目《はため》からは姉妹に見えるかも知れない。綺が姉で、メローが妹だ。実際の年齢は逆だろうが、雰囲気としてはそういう感じだった。

「でもメロー、焼きそばって言っても色々あるんだけど」

「へえ、たとえば？」

「ソースの味も、甘いのと辛いのがあるし、トッピングも魚粉だったり鰹節《かつおぶし》だったり。豚肉の代わりにソーセージを使ったり」

「おおう、いいねいいね。なんか詳しいじゃない！」

メローは両手を、ぱん、と打ち鳴らした。仕草がいちいち子供っぽい。見た目通りである。

「綺ちゃん、期待させてくれるねえ。いやあ安心した。なんか気取った偉いさんだったら嫌だなあ、って思ってたんだ」

「私は偉いわけじゃないわ」

「いや、それはそうでもない。わざわざあたしに任されるってことは、相当に貴重、必要、重要人物。でもそんなの全然感じさせないわ。できてるねえ、人間が」

メローは今にも歌い出しそうだった。綺もつられて微笑《ほほえ》んで、

「なんなら、オム巻き、ってのもあるわよ」

と言うと、メローは眼《め》を輝かせて、

「なにそれ？　なんかそそる響きじゃない？」

「オムライスみたいに、焼きそばを薄く焼いた卵でくるむのよ。味付けはケチャップを掛けてもいいし、掛けなくてもいいわ」

「いいじゃんいいじゃん！　むわわ、ワクワクしてきたわ！」

不思議な笑い方をしながら、メローはぴょんぴょんと綺の周りを跳び回る。綺も喜ばれると嬉《うれ》しくなってきて、くすくす笑ってしまう。

そのとき——視界の隅に見えた。

街の雑踏の中に、夕方に、どこにいてもおかしくない姿。帰宅途中の女子高生——その肩にはスポルディングのスポーツバッグを提《さ》げている。すうっと斜めに伸びたシルエットは、なぜ

か人であって人でなく、円柱のような奇妙なシルエットを描いているようにも見える。

その眼が、こっちを見ている——。

（…………）

綺の背筋に冷たいものが流れた。

自分はいつだって、世界の敵になってしまうかも知れない、その認識が改めて重くのしかかってきた。

彼女がいくら気をつけていても、きっとどうにもならないのだろう。正樹に何かあったり、凪に何かあったりしたら、綺は自分がどうなるのかわからない。それは綺自身にも制御できない、自分であって自分でない部分が決めてしまうことだからだ。

ずっと考えている——今は統和機構は彼女のことを生かしておく意向に傾いているが、今後はどうなるか。何の価値もないことがはっきりしてしまったら……いや、それよりもっと恐ろしいのは、

（もしも、私に統和機構の全合成人間を無力化できるとしたら……？）

それが判明したとき、自分はどういうことになるのだろう。その影響力はあまりにも大きく、それはむしろ世界よりもきっと、綺自身の心に大きな作用を及ぼしてしまうだろう。

そのときに流されて、自分でも思っていないようなことをしてしまうのではないだろうか。

（オルタナティヴ・エゴに大事なことを決められてしまって、本当の気持ちを見失ってしまう

んじゃないのか……）

それが恐ろしい。綺がこれまで築き上げてきた、心の中にある大切なものたちが、他の誰でもない自分によって壊されてしまうことが。

（そう……きっとその方が、世界の敵になってしまうことよりも、怖い）

そのときは、あの死神は自分を殺しに来るのだろうか。それとも──。

ちら、と綺は自分の前をスキップしているメローー・イエローーの方を見る。

「ん？　なに綺ちゃん」

彼女が振り向いて、笑いかけてくる。

あるいは、彼女が自分にとっての死神となるのかも知れない、と綺は思った。こうして自分の前にメローー・イエローーがやってきたのは仕事だからでも、偶然でもなく、世界の運命を司《つかさど》っている何かが、その成り行きが、お膳立《ぜんだ》てをすませてしまっているから──そうでないとは誰にも言い切れないだろう。

そのときに、自分はどんな眼《め》で彼女を見つめ返すことになるのだろうか、そんなことを思いながら、しかし綺は、今は笑い返して、

「オム巻きに、ホワイトソースを掛けるって手もあったわ。どうする？」

「ほほう。うーん、でも最初っからあんまり奇をてらってもなー。ううむ。しかしなあ──」

腕を組んで考え込み始めたメローー・イエローーを綺は、今は優しい眼差《まなざ》しで見つめている。

なるようにしかならない。そのときになってみないとわからない——それが綺の結論だった。
見るまでもなく、奇妙な影はとっくに彼女の近くから消えていた。

"Revolt of Alternative Ego" closed.

あとがき——乱逆するは自我にあり

乱逆という言葉は古い言い回しで、今ではほぼ使われないが、意味は読んだままである。既存の秩序を乱し、逆らうことである。叛逆《はんぎゃく》というと格好いいところもありそうだが、乱逆だと乱れた末に逆さまになるだけで、あんまり建設的な未来とかに繋《つな》がっていないような感じである。しかし世の中には乱逆があふれている。乱逆のないところなどどこにもない。もちろん世の中というのはまず安定が第一で、みんな安心して暮らせるようになるために努力をしている。そのはずなのだが同時にそれらの安定を崩してひっくり返すということにも励んでいる。商売敵を蹴落とし、抜け駆けで出世し、悪い噂《うわさ》を広めてヤなヤツを追い出そうとしている。そもそも子供からして「これはしてはいけません」と言われたことを率先してやりたがる。これはもう本能であり、人間は生まれついて乱逆したがるように創られているに違いない。

そこで問題なのだが、我々は何に逆らっているのだろうか。それはうるさい教師であったり、頭の固い上司だったり、細かすぎる決まり事だったり、色々と千差万別なのだろうが、しかし根本的なところでは同じで、つまりは選択肢を固定化されていることが嫌なのだ。求めているのは自由であり、それを狭めようとするものが敵なのである。反抗が格好いいという発想は、自由に憧れる気持ちと同じなのだ。しかし自由とは、何もかも好きにできるということは、すべて自分で決めなければならない訳で、面倒くさいことこの上ない。しかも自分は自由になりたいが、他人があれこれ好き勝手しているのを見るのはとてもとても嫌なことでもある。この矛盾が人間社会に緊張を生んでいる最大の要因である。よく考えてみれば、直接の対立のない他人がいくら自由でも、自分とは関係ないのだが、その辺はなんか曖昧《あいまい》になっている。とにかく気に入らない、という生理的な反応が先で、理屈はいつだって後からついてくるだけだ。

それで私が子供の頃は結構面倒なことになった。周りの連中があまりにも、誰が楯突《たてつ》いてくるかわからないと警戒しているもので、ただ鈍臭くて判断が遅かっただけの僕が、なぜか皆に逆らっていると思われてしまったのだ。何か文句があるのかと凄《すご》まれて、いや別に何でもないですと言っても疑われて、ずっと変な目で見られ続ける。おかげですっかり萎縮してしまって、ますます行動が遅くなり、そうなるとさらにサボっているだろうと怒り出す、このような事態にしばしば陥った。当時はなんて理不尽なと思っていたし、今でもそう思っているのだが、しかしひとつだけ気がついたことがある。それは僕に文句をつけてきた奴《やつ》らの言っていたことも、あながち間違いではなかったかも知れない、ということだ。僕は実際に、彼らが築き上げていた秩序に乱逆していて、そんな決まり事になんか意味があるんですか、と意思表明していた可能性があるかも、と考えるようになったのだ。残念ながら僕の乱逆はまったく効果を発揮せず、ただ弾圧されただけで終わってしまったのだが、それが通っていたらどうなっていただろう、とちょっと思う。この妄想にはもはや何の意味もないが、しかし世の中にあふれている乱逆の数々というのは、あの頃の僕の気持ちがいかに普遍的なものであるかということだろう。皆、世の中に相容《あいい》れずに、気がついたら乱逆せざるを得ない立場に追い込まれてしまっているのだ。その抵抗は何を守るためのものだろうか。それを見失ったときに乱逆は、まさしくただ乱れているだけの、逆さまな気持ちに落ちてしまうのだろう。人間がそういう風にできているからといって、それに流されてしまうだけではあまりにも情けない。そこではっきりとした自我をもって、自分はこうだと主張できなければ、世の中に逆らう甲斐《かい》がないというものではないだろうか。それをワガママだと他人は言うだろうが、なあにどうせ連中はこっちの自由を妬んでいるだけなのである。ええ、やせ我慢ですが、なにか？　というところで、以上。

（しかし自由と怠惰を混同しているだけという話もあるんですが）
（それこそ面倒だなあ。まあいいじゃん）

BGM"Rebel Rebel" by David Bowie

◉上遠野浩平著作リスト

「ブギーポップは笑わない」（電撃文庫）
「ブギーポップ・リターンズ　VSイマジネーターPart1」（同）
「ブギーポップ・リターンズ　VSイマジネーターPart2」（同）
「ブギーポップ・イン・ザ・ミラー「パンドラ」」（同）
「ブギーポップ・オーバードライブ　歪曲王」（同）
「夜明けのブギーポップ」（同）
「ブギーポップ・ミッシング　ペパーミントの魔術師」（同）
「ブギーポップ・カウントダウン　エンブリオ浸蝕」（同）
「ブギーポップ・ウィキッド　エンブリオ炎生」（同）
「ブギーポップ・パラドックス　ハートレス・レッド」（同）
「ブギーポップ・アンバランス　ホーリィ&ゴースト」（同）
「ブギーポップ・スタッカート　ジンクス・ショップへようこそ」（同）
「ブギーポップ・バウンディング　ロスト・メビウス」（同）
「ブギーポップ・イントレランス　オルフェの方舟」（同）

「ブギーポップ・クエスチョン　沈黙ピラミッド」(同)
「ブギーポップ・ダークリー　化け猫とめまいのスキャット」(同)
「ブギーポップ・アンノウン　壊れかけのムーンライト」(同)
「ブギーポップ・ウィズイン　さびまみれのバビロン」(同)
「ブギーポップ・チェンジリング　溶暗のデカダント・ブラック」(同)
「ブギーポップ・アンチテーゼ　オルタナティヴ・エゴの乱逆」(同)
「ビートのディシプリン　SIDE1」(同)
「ビートのディシプリン　SIDE2」(同)
「ビートのディシプリン　SIDE3」(同)
「ビートのディシプリン　SIDE4」(同)
「冥王と獣のダンス」(同)
「機械仕掛けの蛇奇使い」(同)
「ヴァルプルギスの後悔　Fire1.」(同)
「ヴァルプルギスの後悔　Fire2.」(同)
「ヴァルプルギスの後悔　Fire3.」(同)
「ヴァルプルギスの後悔　Fire4.」(同)
「螺旋のエンペロイダー　Spin1.」(同)
「螺旋のエンペロイダー　Spin2.」(同)

「螺旋のエンペロイダー Spin 3.」（同）
「ぼくらは虚空に夜を視る」（徳間デュアル文庫）
「わたしは虚夢を月に聴く」（同）
「あなたは虚人と星に舞う」（同）
「殺竜事件」（講談社ノベルス）
「紫骸城事件」（同）
「海賊島事件」（同）
「禁涙境事件」（同）
「残酷号事件」（同）
「無傷姫事件」（同）
「彼方に竜がいるならば」（同）
「酸素は鏡に映らない No Oxygen, Not To Be Mirrored」（同）
「私と悪魔の100の問答 Questions & Answers of Me & Devil in 100」（同）
「戦車のような彼女たち Like Toy Soldiers」（同）
「酸素は鏡に映らない」（講談社ミステリーランド）
「しずるさんと偏屈な死者たち」（富士見ミステリー文庫）
「しずるさんと底無し密室たち」（同）
「しずるさんと無言の姫君たち」（同）

「騎士は恋情の血を流す」（富士見書房）
「ソウルドロップの幽体研究」（祥伝社ノン・ノベル）
「メモリアノイズの流転現象　ソウルドロップ奇音録」（同）
「メイズプリズンの迷宮回帰　ソウルドロップ虜囚録」（同）
「トポロシャドゥの喪失証明　ソウルドロップ彷徨録」（同）
「クリプトマスクの擬死工作　ソウルドロップ巡礼録」（同）
「アウトギャップの無限試算　ソウルドロップ幻戯録」（同）
「コギトピノキオの遠隔思考　ソウルドロップ孤影録」（同）
「恥知らずのパープルヘイズ　―ジョジョの奇妙な冒険より―」（集英社）
「恥知らずのパープルヘイズ　―ジョジョの奇妙な冒険より―」（JUMP j BOOKS）
「ぼくらは虚空に夜を視る」（星海社文庫）
「わたしは虚夢を月に聴く」（同）
「あなたは虚人と星に舞う」（同）
「しずるさんと偏屈な死者たち」（同）
「しずるさんと底無し密室たち」（同）
「しずるさんと無言の姫君たち」（同）
「しずるさんと気弱な物怪たち」（同）
「騎士は恋情の血を流す　The Cavalier Bleeds For The Blood」（同）

本書に対するご意見、ご感想をお寄せください。

ファンレターあて先
〒102-8177　東京都千代田区富士見2-13-3
電撃文庫編集部
「上遠野浩平先生」係
「緒方剛志先生」係

本書は書き下ろしです。

この物語はフィクションです。実在の人物・団体等とは一切関係ありません。

電撃文庫

ブギーポップ・アンチテーゼ

オルタナティヴ・エゴの乱逆《らんぎゃく》

上遠野浩平《かどのこうへい》

◆◇◇

2016年3月10日　初版発行
2024年11月15日　4版発行

発行者　山下直久
発行　株式会社KADOKAWA
〒102-8177　東京都千代田区富士見2-13-3
0570-002-301（ナビダイヤル）
装丁者　荻窪裕司（META＋MANIERA）
印刷　株式会社 KADOKAWA
製本　株式会社 KADOKAWA

※本書の無断複製（コピー、スキャン、デジタル化等）並びに無断複製物の譲渡および配信は、著作権法上での例外を除き禁じられています。また、本書を代行業者等の第三者に依頼して複製する行為は、たとえ個人や家庭内での利用であっても一切認められておりません。

●お問い合わせ
https://www.kadokawa.co.jp/（「お問い合わせ」へお進みください）
※内容によっては、お答えできない場合があります。
※サポートは日本国内のみとさせていただきます。
※ Japanese text only

※定価はカバーに表示してあります。

©KOUHEI KADONO 2016
ISBN978-4-04-865831-7　C0193　Printed in Japan

電撃文庫　https://dengekibunko.jp/

電撃文庫創刊に際して

文庫は、我が国にとどまらず、世界の書籍の流れのなかで〝小さな巨人〟としての地位を築いてきた。古今東西の名著を、廉価で手に入りやすい形で提供してきたからこそ、人は文庫を自分の師として、また青春の想い出として、語りついできたのである。

その源を、文化的にはドイツのレクラム文庫に求めるにせよ、規模の上でイギリスのペンギンブックスに求めるにせよ、いま文庫は知識人の層の多様化に従って、ますますその意義を大きくしていると言ってよい。

文庫出版の意味するものは、激動の現代のみならず将来にわたって、大きくなることはあっても、小さくなることはないだろう。

「電撃文庫」は、そのように多様化した対象に応え、歴史に耐えうる作品を収録するのはもちろん、新しい世紀を迎えるにあたって、既成の枠をこえる新鮮で強烈なアイ・オープナーたりたい。

その特異さ故に、この存在は、かつて文庫がはじめて出版世界に登場したときと、同じ戸惑いを読書人に与えるかもしれない。

しかし、〈Changing Times,Changing Publishing〉時代は変わって、出版も変わる。時を重ねるなかで、精神の糧として、心の一隅を占めるものとして、次なる文化の担い手の若者たちに確かな評価を得られると信じて、ここに「電撃文庫」を出版する。

1993年6月10日
角川歴彦